사랑할 날이 얼마나 남았을까

사랑할 날이 얼마나 남았을까

1판 1쇄 발행　2014년 10월 23일
1판 13쇄 발행　2022년 10월 24일

지은이　김재진
발행처　수오서재
발행인　황은희, 장건태
주소　경기도 파주시 돌곶이길 170-2 (10883)
등록　2018년 10월 4일(제406-2018-000114호)
전화　031)955-9790
팩스　031)946-9796
전자우편　info@suobooks.com
홈페이지　www.suobooks.com
ISBN　979-11-953221-2-1 03810　책값은 뒤표지에 있습니다.

이 도서의 국립중앙도서관 출판시도서목록 (CIP)은 서지정보유통지원시스템
홈페이지(http://seoji.nl.go.kr)와 국가자료공동목록시스템(http://www.nl.go.kr/kolisnet)에서
이용하실 수 있습니다. (CIP제어번호: CIP2014028649)

도서출판 수오서재守吾書齋는 내 마음의 중심을 지키는 책을 펴냅니다.

사랑할 날이 얼마나 남았을까

당신,
그리고
나 자신을 위한
용서와
사랑의
시간

김재진 글 × 황규백 그림

수오서재

남아 있는 시간은 얼마일까?
아프지 않고
마음 졸이지도 않고
슬프지 않고
살아갈 수 있는 날이
얼마나 남았을까?

미워하지 않고 성내지 않고
웃을 수 있는 날이 얼마나 남았을까?
바라보기만 해도 가슴 따뜻한
사랑할 날이 얼마나 남았을까?

서문을 대신해,
김재진

차
례

내 안의 거인을 깨우는 시간 97

그대 주머니 속 가장 좋은 것을 세상에 내어주라 187

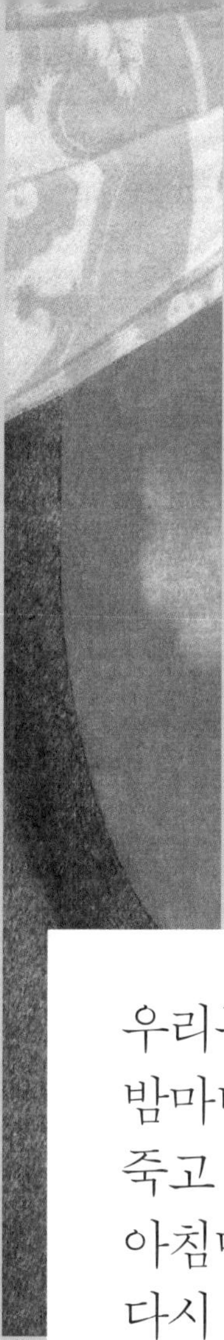

우리는
밤마다
죽고
아침마다
다시
태어난다

스스로를 벌하지 말라. 영혼은 그런 대우를 받아서는 안 된다.

UMBRELLA_1981 (30 x 30)

세상에서 가장 행복한 사람

○ 순간적으로 일어나는 스파크가 커다란 화재가 되어
모든 것을 태우기 전 알아차려야 합니다.
모든 불길은 처음엔 작은 불씨로 시작됩니다.
화 또한 마찬가지라서 화재가 되기 전
스파크가 일어날 때 알아차려서 다스려야 합니다.

프랑스 출신으로 촉망받는 과학자에서 티베트 불교의 승려가 된 마띠유 리까르는 화에 대한 질문에 그렇게 대답했다. 치오르는 화를 억제할 것이 아니라 미리 그것을 알아차리라고 충고한 마띠유 스님은 미국 위스컨신 주립 대학교에서 머리에 256개의 센스를 부착하고 뇌 촬영을 하는 실험을 했던 적이 있다. 그 결과 긍정적 감정과 관련이 있는 뇌의 전전두피질에서 행복을 느끼는 수치가 놀랄 만큼 높게 나왔고, 그 이후 그는 세상에서 가장 행복한 사람으로 불리게 되었다.
서울에 있는 명상센터로 그를 초대해 강의를 들었을 때 일이다. 세상에서 가장 행복한 사람이라 불리는 그를 향해 사람들은 "우울증과 무기력으로 힘든 나의 뇌를 당신의 행복한 뇌와 바꿀 수 있는 방법은 없는가?"라고 물었다. 마띠유 스님은 "나는 이미 늙어가고 있는 중이라 당신의 뇌와 바꿀 만한 가치가 없다. 그러니 당신의 뇌를 그대로 개선해서 쓰는 것이 좋겠다"는 말로 폭소를 터트리게 했다.

행복하기 위해선 마음을 지금 이 순간, 이 자리에 놓아두라고 마띠유 리까르는 충고한다. 행복은 과거나 미래가 아닌 '지금 여기'에 일어나는 일이기 때문이다. 그에 비해 두려움은 아직 오지도 않은 미래의 시간이며, 집착은 지나가버려 잡을 수 없는 과거의 시간이다. 그런데도 우리는 왜 잡을 수도 없는 그것들 때문에 갈등하는가?

분노나 슬픔, 두려움이나 이기심 같은 부정적인 감정에 대해 마띠유 리까르는 "부정적인 감정은 소매치기와 같아서 얼굴을 모를 때는 당하게 됩니다. 그러나 많은 사람들 속에 섞여 있어도 소매치기의 얼굴을 알고 있다면 도둑맞을 이유가 없습니다. 부정적인 감정 또한 이와 같아서 그것의 얼굴을 알고 있는 사람은 그런 감정이 가까이 오려 하면 조심하고 경계해 스스로 도둑맞지 않도록 해야 합니다"라고 말한다.
살아가면서 당신은 얼마나 자주 소매치기를 당하는가? 얼마나 자주 화내며, 얼마나 자주 슬픔에 빠지는가? 소매치기의 얼굴을 알기 위해 우리가 주의를 기울여야 할 것은 시시각각 변하는 우리의 마음이다.

내 안에 접힌 날개

○ '내가 저지른 잘못에 대해 나는 나 자신을 용서한다.'

'내가 받은 상처를 나는 자비심을 배울 기회로 받아들인다.'

'스스로에게 가한 제약과 한계를 나는 기꺼이 놓아버린다.'

'내가 행한 실수를 통해 나는 더 현명하고 겸손해진다.'

자신을 존중하는 마음, 자기가 얼마나 소중한지를 깨달아 아는 마음은 참으로 중요하다. 혹시 자기 자신을 못난 사람이라 여기며 자기비하에 빠져 있진 않은가?

못난 사람과 잘난 사람이 따로 있는 것은 아니다. 당신은 단지 날개를 펴지 못해 날지 못할 뿐이다. 스스로 접어놓았던 날개를 활짝 펴는 순간 당신은 새처럼 하늘을 날아오를 수 있다. 지금 날고 있는 하늘이 파랗게 개었건, 빗방울이 떨어지건 무슨 상관인가? 우리는 다 자신의 두 날개로 훨훨 날아오를 수 있는 존재들인데.

스스로 자신에게 가한 제약과 한계가 없는지 살펴보자. 실수를 통해 우리는 더 현명해지고 더 겸손해질 수 있다. 나 스스로 용서하지 못한 잘못이 있다면 이제 그만 내려놓아야 한다. 타인이 내게 준 상처를 자비심을 배울 기회로 여기며 우리는 한 발 더 앞으로 나아가야 하며, 한 발 더 세상의 이익을 향해 걸어가야 한다.

영혼에게 바친 대우

○ 스스로를 벌하지 말라.

영혼은 그런 대우를 받아서는 안 된다.

모든 사람의 영혼은 완전하고 고귀하다.

당신이 가지고 있는 결점과 약점은 에고의 결점과 약점일 뿐

영혼의 것이 아니다.

타인을 해치는 사람의 밑바닥엔 자신을 소중하게 생각하지 않는 자학적인 심리가 깔려 있다. 진실로 자신을 소중하게 여기는 사람은 절대 타인을 해칠 수가 없다.

그 어떤 존재라도 존재는 존재한다는 사실 그 자체로 고귀하다. 자기 자신에 대한 자긍심이 있는 사람은 세상을 밝고 환하게 경험한다. 세상이 힘들다 해서 자기 자신을 벌하려 하진 말자. 누구보다 자신을 위로하고 격려하며 스스로 세상의 빛이 되자. 모든 존재는 그런 대우를 받아서는 안 된다. 영혼은 결코 하찮은 대우를 받아서는 안 된다.

반복되는 삶의 기회

○ 우리는 밤마다 죽고 아침마다 다시 태어난다.
인생은 그렇게 매일매일 우리에게 기회를 주고 있다.

우리는 밤마다 죽고 아침마다 새로 난다.
어느새 여기까지 왔나? 하고 돌아보지만 우리가 온 거리는 사실 얼마 되지 않는다. 남은 시간 어디까지 갈 수 있을지, 남은 거리 또한 각자 다르다. 어제의 내가 지금의 내가 아니듯 내일 또한 알 수 없다. 그러나 밤마다 죽고 아침마다 새로 나는 인생은 반복되는 기회를 우리에게 주고 있다.
다시 태어나면 이렇게 살지 말아야지, 하는 말을 할 때가 있다. 다시 태어난다면 정말 열심히 공부해야지, 라는 말이나 다시 태어나면 반드시 그때 다른 선택을 할 거야, 라는 말도 삶 속에서 흔히 듣는 말이다.
그러나 다시 태어날 수 있을지 없을지는 누구도 모른다. 다시 태어나는 것의 시간적인 거리를 그렇게 인생의 길이만큼 길게 잡지 말고 오늘과 내일의 경계를 다시 태어남의 순간으로 잡아보는 건 어떨까?
밤마다 죽고, 아침마다 깨어나며 우리는 다시 태어나서 얻고 싶은 새로운 기회를 매일매일 반복해서 얻는 것이다. 눈을 뜰 때마다 우리는 새로운 기회와 만난다. 365일 매일이 기회를 제공하니 마음먹기에 따라 늘 새로운 출발선에 서게 되는 것이다.

아침에 할 일

○ 사소한 것에 묶여 소중한 하루를 망쳐놓지 말자.
한 끼 식사가 마음에 들지 않았다고
온종일 그 마음이 화내고 있다면 얼마나 어리석은 일인가.
따뜻한 표정으로 미소 짓고 밝은 목소리로 전화 받는 순간
의식도 따라서 환해지니 많이 웃고 많이 사랑하자.

하루가 시작되는 아침, 눈 뜨는 순간 스스로를 향해 이렇게 속삭여보자.
"오늘 하루 칭찬이나 비난에 반응하지 않는다."
"오늘 하루 자신을 어떤 대상과도 비교하지 않는다."
"오늘 하루 삶이 어떤 시련을 주더라도 두려워하지 않는다."

자기 자신을 향해 뭔가를 다짐하며 시작하는 하루는 매번 새로운 하루가 될 수 있다. 인생의 험준한 산맥을 넘어가야 하는 우리는 다가오는 경계에 흔들리지 말아야 한다.
칭찬이라는 순 경계에도, 그리고 비난이라는 역 경계에도 흔들리지 말아야 하며 스스로 만들어놓은 자기비하로부터도 자유로워야 한다. 삶이 우리에게 주는 수많은 시련들은 지나고 나서 돌아보면 우리를 성장시키는 훌륭한 경험이며 공부라는 사실을 기억해야 한다.

세상의 꼬리

○ 나는 아무것도 원하지 않는다.

그러므로 나는 아무것도 두렵지 않다.

'그리스인 조르바'를 썼던 작가 니코스 카잔차키스의 말이다.
크게 원하는 것이 없으면 두려울 것 또한 크게 없는 것이 인생이다. 두려움은 그것 자체가 힘든 것보다 사실은 그것에 대해 저항하는 그 마음이 더 힘들다. 용기를 내어 맞서보면 두려움은 별것 아닌 것이거나, 견딜 만한 경우가 많다. 두려움이란 대부분 현재의 일이 아니라 미래의 일이니 오지도 않은 일 때문에 근심에 빠져 있는 동안 인생만 소모된다.

무심코 걷던 스승은 돌연 이빨 드러내며 달려오는 맹견을 향해 전 속력으로 질주했다. 두려움이 으르렁거리며 달려들 때 어디로 피하는가 당신은? 사자의 꼬리만 봐도 사자의 포효를 떠올리는 유약한 상상력이 우리의 두려움이니 세상의 꼬리 하나 밟고 서서 세상의 거대한 몸뚱이를 봤다고 소리치지 말라.
스승의 속도에 놀란 맹견이 꼬리 내린 채 달아나는 잡견으로 변하듯 꼬리 세운 세상을 향해 온몸 내던져 정면으로 돌진하라.

이것보다 더 분명한 가르침이 어디 있겠는가? 사자의 꼬리만 보고도 질겁하는 사슴처럼, 심약한 사람들은 문 뒤로 보이는 꼬리 하나에도 겁먹는다. 그러나 정신 차리고 바라보면 꼬리의 주인은 사자가 아니라 강아지며 고양이며 소일 때가 많다.

정작 마주치는 그 상황보다 지레 상상하며 근심하는 나의 용기 없음이 두려움의 원인인 것이다. 정면으로 질주하는 스승의 속도에 놀란 맹견이 꼬리를 내리고 달아나듯 두려움 또한 마주보며 돌진하면 뒤돌아서며 달아날 한낱 똥개에 불과할 뿐이다.

소

○ 어둡고 황폐한 길을 걸을 땐

소처럼 가야 한다.

닥쳐오는 모든 것들 피할 수 없어

가죽이 찢어져도

생의 긴 터널을 통과할 땐

묵묵히 소처럼 걸어야 한다.

세상은 힘들다. 그렇다고 포기할 수도 없다. 조금이라도 덜 힘들게 살 수 있는 한 가지 방법을 들자면, 반응을 멈추는 것이다.

매사에 반응하는 마음에게 이제 그만 멈추라고 명령하는 것이다. 그러려니 하면서 그저 지켜볼 뿐 움직이려는 마음을 정지시켜놓는 것이다. 그래도 기어코 반응이 일어나면 기쁨에만 반응하되 고통스러운 일에는 반응하지 말아야 한다. 인생의 고통은 길고 긴 터널과 같아서 소처럼 묵묵히 반응하지 말고 지나가야 한다.

고마워해야 할 일들

○ 오늘 많이 배우지 못했다 해도
적어도 한 가지는 배웠을 것이다.
조금도 배우지 못했다 해도 적어도 병이 나지는 않았다.
병이 났다 해도 죽지는 않았다.
그러므로 우리는 늘 고마워해야 한다.

그렇게 늘 고마워해야 한다고 가르치는 태국의 한 스님 글을 읽었다. 그러고 보니 이 험한 세상에 아직 죽지 않고 살아 있으니 이것만 해도 참으로 고마워해야 할 일이다.

늘 고마워하는 마음을 가지며 살아가는 사람은 노년에 치매가 와도 평소 고마움을 느끼던 감성의 층이 두터워져 있어 예쁜 치매가 온다고 한다. 고마워하는 마음은 또 고마워하게 되는 상황을 끌어온다고도 한다. 언제나 고맙다고 인사하는 사람에게 누가 화를 낼 수 있으며 누가 미운 마음이 들겠는가? 고마워해서 손해날 일은 어디에도 없다. 그런데도 고마워하지 못할 이유가 어디 있을까?

도로 가져간 선물

○ 비난하긴 쉽다. 그러나 칭찬하긴 어렵다.
타인에 대한 비난은 자신의 책임을 부인하는 행위다.
비난 속에 우리는 자신의 부정직함을 감추려 한다.

쏟아지는 비난에 아무 대꾸도 하지 않는 스승이 안타까워 제자는 이렇게 물었다.
"왜 말도 안 되는 저런 비난에 아무런 대꾸도 하지 않으십니까?"
스승은 이렇게 대답했다.
"선물을 가지고 갔는데 받아야 할 사람이 그것을 받지 않는다면 어떻게 할 것인가?"
제자가 답했다.
"도로 가지고 올 수밖에 별 수가 없겠지요."
제자의 대답을 들은 스승이 다시 말했다.
"비난 또한 선물과 같다. 내가 받지 않았으니 그 비난은 도로 그 사람에게로 돌아갈 것이다."

누구나 남을 욕하거나 비난할 때가 있다. 또한 누구나 욕먹거나 비난받을 때가 있다. 그러나 누워서 뱉은 침이 내 얼굴로 떨어지듯 상대가 받지 않은 욕과 비난은 내 얼굴로 떨어질 수밖에 없다.

받기 싫은 선물을 내가 받지 않는 한 선물을 들고 온 상대는 무안한 얼굴로 그것을 도로 가져갈 수밖에 없다.
누가 나를 비난한다고 기죽을 이유는 없다. 누가 나를 비난한다고 따라서 상대에게 욕하는 것도 시간 낭비다. 내가 받지 않는 한 비난은 상대가 도로 가져갈 수밖에 없다.

상처받는 사람에게

○ 인생의 승패는 부정적인 생각이 날 때마다
그 생각을 얼마나 빨리 긍정적인 생각으로 바꾸느냐에 달려 있다.
어두운 마음이 들면 얼른 알아차리고
그것을 밝은 마음으로 바꾸는 사람이 인생에 승리할 수 있다.

늘 어둡고, 무기력하고, 짜증 잘 내는 사람의 인생은 어둡다. 밝은 빛 속에서도 그는 '햇빛이 너무 밝아'라고 투덜거릴 것이 분명하니까.
정신적인 고통을 느낄 때 우리는 그 고통을 나 자신으로부터 찾지 않고 외부의 원인으로 돌리려 하는 경향이 있다. 고통이 나 자신의 잘못된 습관이나 부정적인 생각으로부터 비롯되는 것이 아니라 바깥의 뭔가가 원인일 것이라 믿고 있기 때문이다.
그래서 마음은 바깥의 그 뭔가를 제거하려 애쓴다. 그것만 제거하면 고통이 사라질 것이라 제멋대로 짐작하며. 그러나 그렇게 해서 제거되는 고통은 치과에 가서 뽑아내는 충치 정도의 수준밖에 없다.

부정적인 마음을 얼른 긍정적인 마음으로 바꿀 수 있는 사람만이 인생에서 승리할 수 있다. 인생이 포탄 작렬하는 전쟁터는 아니지만 전쟁이라도 난 듯 삶에서 늘 상처받는 사람이라면 마음의 습관을 점검해야 다치지 않고 살 수 있다.

부정적인 생각에 얼마나 많이 길들어져 있는지, 그리고 그 부정적인 생각을 얼마나 빨리 긍정적인 생각으로 바꿀 수 있는지 여부에 따라 당신의 인생은 상처뿐인 삶이 될지, 아니면 만족스러운 삶이 될지 판가름 난다.

인생의 배역

○ 우리 모두는 인생이란 학교의 스승이자 학생이다.
스스로를 향해 이렇게 자문해보라.
'나는 무엇을 배우고
또 무엇을 가르치려 여기에 왔는가?'

무엇을 배우기 위해 그리고 또 무엇을 가르치기 위해 우리는 지금 이 자리에 있는 것일까? 인생이란 학교에서 당신이 주로 맡고 있는 역할은 무엇인가? 당신은 스승의 역할을 즐겨 하는가 아니면 늘 학생으로 만족하는가? 그도 저도 아니면 당신이 이 학교에서 맡고 있는 역할은 무엇인가?

어떤 이는 참으로 다양한 역할을 한 번의 인생에서 연기한다. 스승이었다가 학생이었다가 학부형이었다가, 우등생이었다가 낙제생이었다가 평범한 학생이었다가….

반대로 인생에서 오직 한 역할만 하겠다고 고집하는 사람도 있다. 죽어도 이 역할만 할거야, 라고 작정이라도 한 듯이 한 우물만 파는 사람들이 그들이다. 세상은 그런 이들을 향해 강직한 사람이라 평하기도 하고, 융통성 없는 외골수라 평하기도 한다. 그러나 그 또한 인생에서 자신이 맡은 하나의 역할에 불과할 뿐이라는 사실을 깨닫기만 한다면 삶으로부터 우리는 더 자유로워지게 될 것이다.

어차피 오게 된 세상, 그리고 어떤 역할이건 맡지 않을 수 없는 것이 인생이라 이름 붙은 연극이라면 한 가지 역할에 목을 매는 것보다 수많은 역할을 골고루 맡아봤으면 하는 것이 내 욕심이다. 수많은 역할을 맡아서 연기한다는 것은 수많은 인생을 살아본다는 말과 다르지 않으니 단 한 번뿐인 인생에서 나는 더 많은 경험을 하며 살고 싶다.

SKY_1996 (18 x 22.5)

사랑하지 않고 보내는 시간은 아무런 의미가 없습니다.

시간의 세 가지 걸음

○ 시간은 세 가지 걸음이 있다. 미래는 주저하면서 다가오고,
현재는 화살처럼 달아나고, 과거는 영원히 정지해 있다.
승자는 패자보다 더 열심히 일하지만 시간에 여유가 있고,
패자는 승자보다 게으르지만 늘 바쁘다고 말한다.
승자의 하루는 25시간이고 패자의 하루는 23시간밖에 안 된다.

어디서 읽은 글인지 메모로 남아 있다.
아무리 높은 산이라도 올라가면 내려와야 하듯이 폭염이 내리쬐다가 또 비가 쏟아지고, 다시 폭염이 계속되다 보면 어느새 가을이 다가온다. 절정에 가면 모든 것은 내리막길을 가기 마련이다.
느리게, 그리고 주저하면서 다가오는 것 같지만 미래는 현재가 되는 순간 시위를 떠난 화살처럼 날아가 버린다. 하루하루는 지루한데 일주일은 금방 흩어지고, 한 달이나 일 년은 쏜살같이 날아가고 없다. 우리 만난 지가 언제였더라 하며 악수하다 보면 못 본 지 10년. 강산도 변하고 사람의 마음도 변해 한때의 친구가 서먹서먹한 타인이 되어 있다.

승자는 시간을 관리하며 살고, 패자는 시간에 끌려가며 산다는데 인생에서 패자로 남고 싶어 하는 사람이 어디 있겠는가?

그러나 인생엔 승자도 패자도 없다. 이기기 위해 이곳에 온 것이 아니라 우린 그저 무엇인가를 경험하기 위해 이곳에 왔으며 그 경험이 다할 때 세상을 떠날 뿐이다. 적지 않은 경험을 했지만 아직도 다 하지 못한 어떤 경험이 내 인생에 남아 있을까? 다가오는 미래를 다 알 수야 없지만 참으로 중요한 것은, 시간에 끌려 다니며 살지 말고 시간을 부리면서 사는 삶을 살아야 한다는 것이다.

항구

○ 돌아오면 다시 떠나고 싶고,

또 돌아오면 또 다시 떠나고 싶다 해도

집은 나의 항구입니다.

헤어졌다가 또 만나고, 헤어졌다가 또 만나고 하는 사람이 있다면

그 사람이 당신의 항구인 줄 알아야 합니다.

항구는 떠나는 배의 갑판 위에서 봐야 제대로 보인다. 따라오던 갈매기 하나 둘 사라지고, 길게 꼬리를 남기며 갈라지는 물결 뒤로 보일락 말락 멀어져야 항구는 비로소 그리움의 공간으로 남는다.

사랑 또한 마찬가지라 헤어지고 나서 봐야 제대로 보인다. 이별 뒤에도 참으로 아름다운 사람이 있는가 하면, 다시는 떠올리고 싶지 않은 사람 또한 없지 않다.

사랑이 진짜인지 가짜인지는 고통의 광풍이 몰아쳐 봐야 분명해진다. 역경이 밀어닥쳐 봐야 그 깊이를 알 수 있는 것이 사랑인 것이다. 돌아오면 다시 떠나고 싶고, 돌아오면 다시 떠나고 싶은 여행처럼 헤어진 뒤 다시 돌아가고 싶은 누군가가 있다면 당신은 그 사람을 사랑하고 있는 것이다.

사랑을 선택하라

○ 누군가를 미워하는 마음은 인생을 고통스럽게 한다.
그러나 누군가를 사랑할 때 우리의 인생은 기쁨을 경험한다.
고통을 선택할지 기쁨을 선택할지는 내 마음에 달려 있다.
마음이 어떤 결정을 내리는지에 따라 고통과 기쁨이 따라오는 것이다.
마치 지휘자가 어떤 음악을 청중에게 들려줄지
콘서트의 레퍼토리를 결정하듯 자신의 인생을 지휘하는 사람은
사랑과 미움의 메뉴를 스스로 결정한다.

틱낫한 스님은 "나는 당신을 사랑합니다"와 같은 말을 입이나 머리로 하는 게 아니라 온몸으로, 온 마음을 다해 말할 때 세상을 바꿀 수 있다고 한다.
내가 먼저 마음을 열면 사람들은 머지않아 자신의 마음도 따라서 연다.
마음을 다해 누군가에게 사랑한다고 말해보자. 사랑한다는 표현이 어렵거나 쑥스러운 것은 사랑이 부족해서가 아니라 마음을 말로 옮기는 훈련이 부족했기 때문이다.
언어는 마음의 다른 모습이니 지금 사랑한다고 말해보자. 지휘자가 연주회의 음악을 결정하듯, 고객이 식당에 가서 원하는 메뉴를 결정하듯 삶에서 미움이라는 메뉴를 삭제하고 사랑의 메뉴를 결정하자.

눈물 흘릴 줄 아는 사람

○ 삶의 여유는 여유 있을 때 찾는 것이 아닙니다.
가장 분주한 찰나, 가장 쫓기는 찰나에 여유를 찾을 수 있는 사람만이
진정한 삶의 고수입니다.

눈물은 감정의 때를 말끔히 씻어내는 역할을 한다. 그래서 눈물이 필요할 때가 있다. 슬퍼서 우는 눈물이 아닌 감동으로 흘러나오는 눈물이라면 더욱 좋다. 손 들어 가릴 사이도 없이 뺨을 적시며 흘러내리는 감동의 눈물이 많은 세상은 아름답고 투명하다.
자주 우는 사람을 바보 같다 나무라지 말자. 눈물 없는 사람이 어찌 자비로울 수 있겠는가? 타인의 삶에 대한, 그리고 나 자신의 삶에 대한 연민의 마음이 자비로 이어질 것인데, 눈물 없이 어찌 자비의 마음이 일어날 수 있겠는가?
마음속 깊은 눈물이 마른 삶은 인간미 없는 삶이다. 일에 쫓기고, 시간에 쫓기고, 시험에 쫓기고, 스스로의 마음에 쫓기는 삶 속에서는 감동의 눈물을 찾기가 쉽지 않다.

꽃 피는 계절, 생동하는 꽃과 잎을 보며 누구나 희망과 기쁨의 마음이 일어나지만, 그 희망과 기쁨 또한 촉촉하게 눈물로 젖어드는 따뜻한 마음 없이는 진실한 희망과 기쁨이 아니다.

우리는 누구나 운다. 아픈 사람 앞에선 누구나 연민으로 마음이 젖는다. 눈물 없는 삶을 부끄러워할지언정 눈물 흘리는 여린 마음을 부끄러워할 이유는 없다. 피는 꽃잎 하나에도 사랑과 연민의 마음을 가질 수 있는 섬세한 감성이 그 어느 때보다도 필요한 시대이다.

바늘로 꿰는 열매

○ 세상이 변하기를 원하는가?

그렇다면 나 자신이 변화하면 된다.

평생 구두를 만들며 살았던 사람이 그 일이 지겹다고 하소연했다. 그 말을 들은 스승은 이런 말을 한다.

"지금 그 일이 지겹다면, 그 지겹다는 마음을 구두를 만드는 가죽으로 여겨라. 그리고 사랑과 자비에 대한 생각을 구두를 꿰매는 바늘로 생각해 일에 집중하라. 지겹다는 생각 대신 오직 바르게 실 꿰매는 데 마음을 다하라. 경이로운 열매가 구두가 되어 나타날 것이니."

한 알의 곡식에도 천둥과 비바람의 흔적이 숨어 있고 농부의 애환이 스며 있듯 우리가 예사로 신고 다니는 구두 한 켤레에도 만드는 이의 인생이 깃들어 있고, 가죽을 제공한 짐승의 아픔이 스며 있다. 그런 사실을 떠올릴 수만 있다면 우리는 내딛는 발자국 한 걸음, 한 걸음에서 숙연함을 느낄 것이다.

다람쥐 쳇바퀴 돌듯 돌아가는 일상이 지겹다면 지금 그 일상의 한 조각, 한 조각을 구두를 꿰듯 사랑과 자비의 바늘로 꿰어보는 것은 어떨까? 같은 일을 반복한다며 지겹다고 불평하지만, 일 없는 이에게 그것은 간절히 소망하는 보석이 된다. 한 알의 곡식이 땀 흘린 농부에겐 경이로운 열매가 되듯 지겨운 일상도 알고 보면 보석이다.

고요함의 깊이

○ 혀 밑에 들어 있는 도끼, 그 도끼가 언젠가는 자신을 향해 날아올지 모른다는 사실을 망각한 채 타인을 흉보는 데 몰두해 있는 사람만큼 어리석은 사람도 드물다.

묵언이 필요할 때가 있다. 수많은 말에 오염되어 머리가 복잡할 때, 새로운 시작을 위한 에너지가 필요할 때, 말없이 교류되는 이해가 필요할 때, 깊은 바다 같은 침묵은 영혼을 청소한다.
침묵을 지킬 수만 있다면 우리는 내면에서 들려오는 소리를 듣게 된다. 수많은 판단과 판단, 수많은 오해와 오해로부터 벗어나 하나의 목소리가 들려오고, 그 목소리 속에서 우리는 소음에 묻혀 보지 못한 나 자신을 발견한다.

오늘 얼마나 많은 말을 하며 보냈는가? 오늘 또 얼마나 많은 생각과 편견으로 누군가를 저울질했는가?
의미 없는 백 마디 말보다 마음에 평화를 주는 한 마디가 소중하고, 무관심한 백 마디 말보다 누군가를 위로하는 한 마디가 아름답다. 백 마디 공허한 위안보다 말 없는 한 곡의 음악이 더 심금을 울리며, 백 송이 장미보다 병상을 지키는 단 한 사람의 친구가 더 향기롭다.

결별해야 할 것들

> 삶에서 잡동사니를 제거하라.
> 주변에 고통스러운 기억을 불러일으키는 대상이 있다면 결별하라.
> 아름다우면서도 동시에 고통스러움을 유발하는 것이 있다면
> 가능한 한 그것과도 결별하라. -뤼디거 샤헤

고통스러운 기억을 불러일으키는 대상이 있다면 결별하라는 말이 가슴에 닿는다. 그러나 우리는 그것이 고통스럽다고 말하면서도 고통스러운 기억을 붙잡고 내려놓지를 못한다. 도저히 잊어버릴 수가 없어, 도저히 용서할 수가 없어, 하면서.

마음의 잡동사니는 바로 우리가 끊임없이 지어내고 있는 숱한 생각들이다. 이런저런 편견과 분별심과 의심들이 뒤죽박죽으로 섞여 마음을 쓰레기통으로 만들어놓는 것이다. 그런 잡동사니야말로 마음의 고통을 만들어내는 원인이다.

고통을 유발하는 것이 있다면 가능한 한 그것과 결별해야 한다. 그러나 어리석은 우리는 고통스러워하면서도 고통의 원인이 되는 그 잡동사니들과 결별하지 못하니 그것이 바로 집착이다.

어떤 대상을 가장 오래 남게 할 수 있는 방법은 바로 '그 대상에 강력하게 저항하는 것'이라는 말이 있다.

밉고 괘씸한 사람을 잠자리에 들 때까지 내려놓지 못하고 쥐고 있는

것은 그 사람에 대한 저항심 때문이다. 따라서 고통스러운 기억으로부터 벗어나기 위해선 얼른 그 기억에 대한 저항심을 내려놓아야 한다. 온전히 저항심을 내려놓는 그 길이 바로 화해며 용서의 시작이다.

잃어버린 영웅

○ 진정한 영웅을 만나고 싶다면
증오를 사랑으로 되갚는 사람을 보면 된다.
진정한 용기를 가진 사람을 만나고 싶다면
자신에게 상처 준 사람을 용서하는 사람을 보면 된다.

누군가가 미워질 때면 읽어보는 글이다. 진정한 용기를 가진 사람이란 자신에게 상처 준 이를 용서하는 사람이라는 그 메모 아래 나는 이런 글을 덧붙인다.

인생의 고수는 이별마저 담담하게 받아들인다. 인연이 다했다는 것을 알기 때문이다. 왜 아픔이 없겠는가. 그러나 그 아픔마저 그에겐 배움을 제공한다. 인생의 고수는 상처를 상처로 보지 않는다. 모든 상처가 자신을 성장시키는 거름이 된다는 사실을 알고 있기 때문이다.

내 마음의 주인

○ 내가 사라지면 세상 또한 사라진다.
주연보다 조연이 돋보이는 건 어쩌다 드라마에서나 그럴 뿐.
내 인생의 주연은 언제나 나다.

'내가 그 사람을 미워하려고 해서 그런 게 아니라 그 사람이 미운 짓을 하기 때문에 미워하지 않을 수 없다'라는 말은 자신의 존재 이유를 타인으로부터 찾는 것과 같다.
그것은 자기 자신이 스스로의 근원이 되어 인생을 결정하는 것이 아니라 타인에게 결정권을 넘기는 것이나 다름없다. 그 사람이 그런 짓을 하지만 않는다면 그 사람을 미워하지 않겠다는 식으로 말이다.
미운 짓을 하면 미워할 것이고, 미운 짓을 하지 않으면 미워하지 않겠다는 그 태도는 내가 그 사람의 꼭두각시나 다름없다는 말이다. 그 사람의 행동에 따라 나의 결정이 바뀌게 되니까.
그렇다면 나의 결정권자는 누구인가? 나 자신인가 아니면 미운 행동을 해서 내 마음을 갈등으로 몰아넣는 그 사람인가?
누군가를 미워하는 마음이 커져 그 마음을 어떻게 해볼 수가 없는 순간 나의 주인은 내가 아니라 미움의 대상인 그 사람이라는 사실을 명심하자.

세상이 강하다고 기죽지 말라

○ 두려움에 묶여서 보는 세상은 견고하다.

그러나 용기 있는 이에게 세상은 견고한 틀을 깨고 문을 연다.

세상이 강하다고 해서 기죽지 말라.

세상이 우리를 만드는 것이 아니라

우리가 세상을 만든다.

자기를 둘러싼 세상의 모든 것들이 견고하고 딱딱하게 여겨지는 이는 마음속에 두려움이 없는지 살펴봐야 한다.

예컨대 우리가 누군가를 쉽게 용서하지 못하는 것 또한 용서했을 때 느낄 마음의 해방감보다 도저히 그를 용서할 수 없을 것 같은 두려움이 더 크기 때문이다. 그런 두려움은 나와 대상과의 관계를 딱딱하게 만든다. 그런 딱딱함은 결코 깨어지지 않을 것 같이 견고하게 느껴지며 용서하려던 우리를 주저하게 만든다.

'그가 나의 용서를 제대로 받아들이긴 할까, 용서한 뒤에도 그가 자신의 잘못을 깨닫지 못하면 어떻게 하나, 용서하기엔 너무나 나를 상처나게 한 일인데 이렇게 용서해도 되나.'

내가 만드는 이런저런 생각들은 뒤엉키고 뒤섞이며 우리를 혼란에 빠트린다. 정작 용서하는 그 행위보다 용서하기까지 망설이는 마음의 준비가 힘들어 우리는 그만 용서를 외면해버리는 것이다.

그러나 용기를 내어 용서하는 순간 상대는 무너지고, 견고하던 세상의 벽 또한 무너진다. 우리가 완강하다고 여기는 세상의 틀은 용기를 내어 마주치면 쉽게 깨질 때가 많다. 단단하던 얼음이 봄바람에 맥없이 녹듯 아무리 완강한 고집도 부드럽고 따뜻한 미소를 당할 수는 없다.

문제는 쉽게 미소를 지을 수 없는 우리의 마음에 있다. 나보다 세상이 더 강하다고 지레짐작하는 마음이 세상의 대문마다 빗장을 걸어놓은 것이다. 그러나 걸어놓은 그 빗장 또한 다른 누군가가 아닌 나 자신이 만든 것이다. 우리가 험하다고 부르는 그 세상, 단단하게 닫혀 있는 것 같은 그 세상 또한 사실은 각각의 개인인 우리 한 사람, 한 사람이 만들어낸 의식의 집합체 같은 것이다.

세상이 강하다고 기죽어선 안 된다.
우리 모두는 우리가 살고 있는 이 별의 구성원이며 그 구성원들의 의식이 모여 세상이라는 거대한 집합의식을 만들었다. 세상이 우리를 만든 것이 아니라 우리가 세상을 만든 것이다.
우리가 만든 이 세상이 강하다고 기죽을 일이 있겠는가? 세상의 주인은 나이니 세상에 이익되는 일을 하라. 그러면 세상이 그 이익을 내게 되돌려줄 것이다.

내 안의 번역기

○ 운명을 결정하는 것은
인생에서 일어나는 어떤 사건이 아니라
그 사건을 해석하는 내 마음이다.

우리가 운명이라고 부르는 것은 삶에서 일어난 사건을 어떻게 해석하느냐에 따라 달라진다. 바꾸어 표현하면 그 말은 우리의 운명을 우리가 결정할 수도 있다는 이야기가 된다. 어떤 사건과 마주쳤을 때 한 사람은 그것을 위기라고 해석하고 또 한 사람은 그것을 기회라고 해석할 때 사건의 결과는 완전히 다르게 나타난다.

긍정적인 해석이 많은지 아니면 부정적인 해석이 많은지에 따라 운명은 행운이 되기도 하고 불운이 되기도 하는 것이다.

지금 불행하다는 생각에 빠져 있다면 자신이 사용하고 있는 마음의 번역기를 점검해보라. 당신이 가지고 있는 번역기는 긍정적인 모드에 맞춰져 있는가 아니면 부정적인 모드에 맞춰져 있는가?

손으로 만드는 연꽃

> 지금 이 순간을 적으로 만들지 말고, 친구로 만들라.
> 모든 대상과 모든 사람을 마음의 잡음 대신 고요로 만나는 것은
> 당신이 우주에게 줄 수 있는 최고의 선물이다. -에크하르트 톨레

나 아닌 다른 사람을 향해 합장하며 인사하는 모습은 참으로 평화롭게 보인다. 그래서 합장을 손에서 피는 연꽃이라고 하나 보다. 두 손 모아 합장을 하는 그 행위가 바로 손에서 연꽃을 피워 올리는 일인 것이다.

지금 이 순간 내 눈앞에 있는 사람, 또는 지금 이 순간 내 앞에 놓여 있는 힘든 상황을 향해 두 손 모아 합장해보는 건 어떨까? 분노를 치솟게 하고 짜증이 나게 하는 그 사람과 상황에 저항하지 말고 그것을 친구로 만들 수 있다면 어떨까?
눈앞의 대상을 친구로 만드는 일, 그것은 두 손을 모아 합장하는 일로부터 시작된다. 마음의 평화를 구할 때마다 타인을 향해 또는 나 자신을 향해 손 모아 연꽃을 피워보자. 우리는 무한정 꽃 피울 수 있는 연꽃을 두 손에 가지고 있으니까.

한 땀의 바느질도 마음을 다해야 꿰어진다.

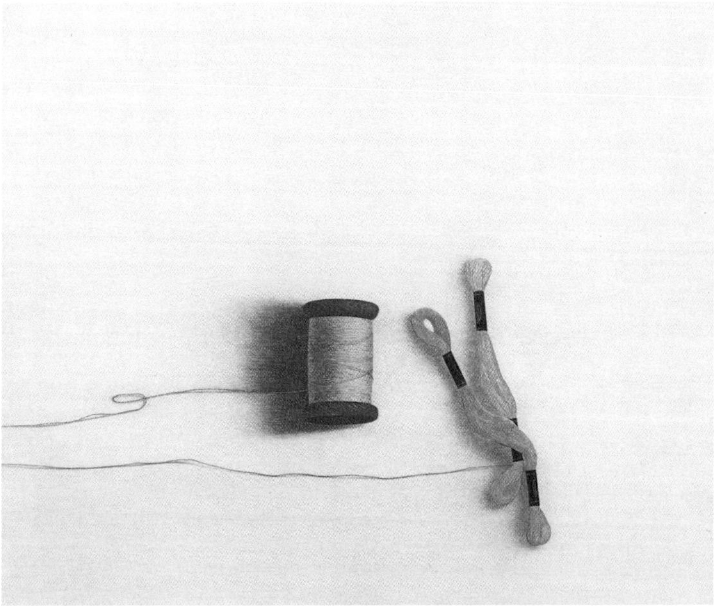

BLUE THREAD, RED THREAD_1987 (27.5 x 33.5)

인생이여, 고맙습니다

○ 매일 잠들기 전 나는 감사할 일들을 머릿속에 떠올렸다.
라디오에서 흘러나오는 음악, 책 읽는 시간, 맛있는 음식,
나를 아껴주는 사람들, 다정한 친구들….
그 효과는 대단했다. 그것은 행복과 건강을 가져다주는 사상이었다.

미국의 대 부호였던 카네기는 그렇게 매일매일, 매사에 감사하며 음악과 책 읽는 시간, 맛있는 음식, 자신을 아껴주는 사람들과 다정한 친구들을 행복과 건강을 가져다주는 사상이라고까지 찬미했다. 카네기처럼 그렇게 얼마나 많은 감사할 일이 오늘 하루 생겼는지 바느질을 하듯 한 땀, 한 땀 노트에 적어볼 것을 권한다.
좋아하는 노래 중에 '인생이여 고맙습니다'라는 제목의 라틴 노래가 있다. 전설적인 가수 메르세데스 소사의 목소리로 듣는 그 노래가 멜로디만큼 나를 끌어당겼던 것은 인생에 감사한다는 제목이었다.
'그라시아스 알 라비따' 인생이여 고맙습니다.

감사의 노트를 책으로 엮는다면 제목을 그렇게 짓고 싶다.
인생이여, 고맙습니다. 숱한 시련을 통해 나를 성장시킨 힘들고 고달팠던 내 인생이여, 정말 고맙습니다.

바람처럼 물처럼

> 여기서 나는 유채꽃을 언니라 부르고
> 제비꽃을 여동생이라고 부르리라.
> 고양이와 개에게서 자유와 단순함을 배우고
> 누에가 뽕나무 잎에 엎드려 있는데, 그것은 누에의 조국이다.
> 강남의 눅눅한 하늘 아래
> 나는 또 때맞추어 길러야 한다.
> 때맞추어 완두콩을 파종해야 하는 것처럼
> 아들딸을 키워야 한다.

중국의 여성 시인 루예는 스스로 유채꽃의 동생이며 제비꽃의 언니라 한다. 그녀의 시를 읽으며 나는 내가 인간이라는 사실이 무거워진다. 한 송이 제비꽃이나 유채꽃처럼 가볍게 한 생을 살 순 없을까? 발자국 하나 남기지 않고 하늘을 나는 새처럼 가볍게 창공으로 떠오를 순 없을까?

요즘 우리가 살고 있는 세상은 너무 무겁다. 뽕나무 잎에 엎드려 있는 누에의 가벼움처럼 모든 것이 좀 가벼운 세상에서 살고 싶다. 때맞춰 완두콩을 파종하고, 손바닥에 분꽃 씨를 받아들며 그 모든 이념과 끝없는 분쟁으로부터 벗어나 가벼운 마음으로 살고 싶다. 느리게 걷고 적게 먹으며 바람처럼 물처럼 그렇게 살고 싶다.

선택된 오늘

○ 높은 의식 차원에서 보면
삶과 죽음은 별개의 것이 아니며
죽음 이후에도 삶은 계속된다고 한다.
몸뚱이에 묶여 있는 한정된 우리의 인식 능력이
연속되는 삶을 보지 못하게 하는 것이다.

죽음의 모습을 마음대로 선택할 수 있을까? 자신이 어떤 모습으로 죽어갈지 그것을 마음대로 선택할 수 있는 사람을 나는 아직 만나지 못했다.
태어나는 것도 마음대로 선택하지 못하지만 우리는 어떻게 죽느냐조차 내 마음대로 선택할 수가 없다. 인생의 시작과 끝을 뜻대로 할 수가 없는 것이다.
어떻게 보면 인생은 그렇게 마지막 순간까지 우리에게 무엇을 선택할 수 있는 선택권을 부여하지 않는다. 그러나 죽는 문제에 매달리지 말고 어떻게 사느냐에 대해 관심을 가지면 문제는 달라진다. 어떻게 살 것인가에 대한 선택권은 고스란히 우리에게 있는 것이다.

그러나 우리 주위엔 죽음과 마찬가지로 어떻게 살 것인가에 대해서도 선택권을 가지지 못한 사람들이 많다. 그냥 아무 생각 없이 끌려가듯 세월을 보내며 아무런 목표도 없이 무기력한 하루하루를 보내는 사람이 많다는 말이다. 그런 이들이 깨달아야 할 중요한 것은 주어진 선택권을 포기한 채 낭비하고 있는 그 오늘이 병상에 있는 누군가가 간절하게 희망하는 내일이라는 사실이다. 무엇을 선택해야 한다면 죽음보다 삶을, 절망보다 희망을 선택하자.

최고로 미친 사람이 돼라

> ○ 실망과 근심으로 가득한 세상에서 절망에 빠지지 않기 위해
> 선택할 수 있는 탈출구는
> 철학이나 유머에 의지하는 것이다. -찰리 채플린

미친 사람과 깨달은 사람은 비슷하다고 한다. 한 분야에서 최고라는 평가를 받는 사람들은 미친 사람인 경우가 많다. 한 곳에 몰두하며 인생을 송두리째 한 곳에 바치는 이는 몰두하는 그 열정만으로도 눈이 부시다.

찰리 채플린만 해도 그렇다.

무성영화 시대 최고의 배우였던 채플린은 빈민수용소를 전전하는 부랑자이면서도 자신이 최고의 배우라고 자기 최면을 걸었던 사람이다. 실망과 근심이 가득한 세상에서 채플린은 절망에 빠지지 않기 위해 유머를 탈출구로 선택하고, 그 속에 담긴 날카로운 현실 풍자를 통해 자신의 존재를 세상에 각인시킨다.

불행한 인생 경험을 딛고 그가 위대한 배우가 될 수 있었던 것은 연기를 향한 그의 광적인 의지 때문일 것이다. 거지처럼 거리를 헤매면서도 그는 자신이 최고의 배우라는 생각을 놓지 않았으니까.

끼니도 챙기지 못하는 거지가 매순간 자신이 이 세상 최고의 배우라고 생각한다는 것은 어떻게 보면 과대망상이나 미친 사람이다. 그러나 한

분야에서 최고라고 평가받는 사람들은 미친 사람들일 때가 많다. 한 곳에 꽂혀 전 생애를 바치고, 한 우물만 죽어라고 파는 그런 광기가 최고의 배우, 최고의 전문가를 만들어내는 동력인 것이다.

어떤 일을 이루고자 할 때 먼저 우리는 그 일을 향해 마음부터 내어야 한다. 당연한 말이지만, 마음도 내지 않은 일이 실현될 수는 없다. 그렇게 마음을 내고 난 뒤 의지의 힘을 사용해 목표를 향해 한눈팔지 말고 곧바로 나아가야 한다.

마음을 낸다는 것은 어떤 일이 이루어지도록 하는 것의 출발이다. 그 출발과 목표 사이에 있는 것이 의지이며 강력한 의지를 통해 우리는 원하는 것을 얻게 된다.

그 강력한 의지가 바로 자신에 대한 확신이다. 스스로 최고의 배우라고 믿는 한 그는 최고의 배우가 될 수밖에 없다. 최고란 비교의 대상이 아니라 자신이 마음 낸 그 일에 미치도록 몰두하는 그 상태가 바로 최고다. 최고로 미친 사람이 돼라.

그땐 아무것도 몰랐다

○ 아무것도 모른다는 사실을 깨닫기까지도
참으로 많은 시간이 필요하다.

지나간 날을 되돌아보면 그땐 아무것도 몰랐다는 생각이 든다. 아는 체 하지만 지금 이 순간도 지나고 나서 돌아보면 아무것도 몰랐다는 생각이 들 것이다. 아무것도 모른다는 그 사실을 깨닫기까지도 그렇게 많은 시간이 필요하다.

세월 지나 돌아보면 몰라서 놓친 것이 많다. 몰라서 행동하지 못한 것도 많다. 지금도 그렇게 놓치며 살고 있는 건 아닐까? 세상을 다 아는 것처럼 행동하는 사람은 세상에 대해 아무것도 모르는 사람이다.

경치야 높은 곳에 올라가면 잘 보이지만 지위나 자리는 높이 올라갈수록 더 세상이 안 보인다. 더 많은 곳을 보려면 올라갈 것이 아니라 낮은 곳으로 한 걸음 더 내려와야 한다.

포옹

○ 그대가 누군가를 안을 때 혹은
내가 그대를 안는 그 순간
세상에 혼자 선 서로를 잊어버리며 우리는
고독 속에 모든 것과 연결됨을 안다.
우리의 한 생애가 누군가와 만나고
우리는 그 사람을 안으며 그의 생애를 안는다.

가을을 고독의 계절이라 한다. 화려한 단풍으로 요란한 가을이 왜 고독한가? 그러나 고독한 사색 속에 우리는 모든 것이 서로 연결되어 있다는 사실을 깨닫기도 한다.
가을이 아름다운 건 여름이 유난히 더웠기 때문이며, 봄이 찬란한 건 혹독하게 겨울이 추웠기 때문이다. 사람 또한 마찬가지라 참으로 아름다운 이는 모진 시련과 고통을 견디어낸 사람이다.
인생의 한 고비를 넘어선 사람은 결코 물질적인 삶에 인생을 걸지 않는다. 물질이 나를 행복하게 하는 것이 아니라는 사실을 알기 때문이다. 사랑하는 이를 안을 때의 전혀 물질적이지 않은 그 충만함을 기억하자. 누군가를 안으며 우리는 그 사람의 상처를 안는다.

토닥토닥

○ 나는 너를 토닥거리고 너는 나를 토닥거린다.
삶이 자꾸 아프다고 말하고 너는 자꾸 괜찮다고 말한다.
바람이 불어도 괜찮다. 혼자 있어도 괜찮다.
너는 자꾸 토닥거린다. 나도 자꾸 토닥거린다.
다 지나간다고 다 지나갈 거라고 토닥거리다가 잠든다.

토닥토닥, 우리는 위로하며 토닥거린다. 그러나 순간만 달콤한 토닥거림은 위로라기보다 쾌락에 머물 수도 있다. 아픔을 일시적으로 잊게 하는 위로는 설탕과 같아 그런 위안으로 인해 우리는 진짜 위안을 찾을 의욕을 상실한 채 지금의 상황 속에 안주할 수도 있다. 자신을 변화시키지 않는 위안은 달콤하지만 결코 오래가지 못한다.

온전한 치유는 온전히 나를 내맡길 때 일어난다. 온전한 위안 또한 마찬가지다. 우선의 고통을 면하기 위해 순간의 위안만을 찾는다면 그건 마치 꿈속에서 맛있는 음식을 먹는 것과 같다.
마음을 위로하는 모든 위안은 안락하고 따뜻하다. 지쳐 있는 사람들에겐 물론 그런 위안이 필요할 때가 있다. 다치고 상처 나서 어딘가에 기대어 한숨 돌리거나 어딘가에 기대어 용기를 얻어야 할 경우가 바로 그런 때다.

그러나 안락함 속에만 머물게 하는 위안은 가짜 위안이기 쉽다. 세상은 험하고, 그 험한 세상을 헤쳐가기 위해선 안락함 속에 무작정 머물러 있을 수만은 없는 것이다.
누군가를 토닥거리되 그 토닥거림 속에 그가 안주하도록 하진 말자. 누군가를 토닥거리되 그 토닥거림으로 인해 영원히 그가 내게 기대게 하진 말자. 누군가를 토닥거리되 그가 스스로 일어날 수 있는 용기를 얻게 만들자.

작은 평화

○ 내가 음악을 좋아하는 이유는
인간의 말소리가 나지 않기 때문입니다.
내가 음악을 좋아하는 이유는
설명하지 않아도 이해할 수 있기 때문입니다.
내가 음악을 좋아하는 이유는
의심하지 않아도 믿을 수 있기 때문입니다.
내가 음악을 좋아하는 더 큰 이유는
상처받지 않고도 사랑할 수 있기 때문입니다.

상처받지 않고 사랑할 수 있는 것들의 첫 번째 순서로 나는 음악을 손꼽는다. 텅 빈 공간, 아무도 없는 밤의 공간에서 홀로 듣는 음악은 공간의 크기만큼 울림도 커진다.

밤에 듣는 음악은 외로운 이들의 별이니 그것은 상처받지 않고 사랑할 수 있는 최상의 기쁨이다. 또한 그것은 감정의 선을 따라 움직이는 마음의 춤이다.

음악이 그러하듯 살아간다는 행위 또한 슬픔과 기쁨, 성취와 좌절, 용서와 화해를 따라가는 생생한 춤이다. 온전히 집중해서 듣는 음악처럼 모든 것 다 바쳐 살아가는 삶은 명상과도 닮았으니 거기엔 필요 없는 군소리가 끼어들 틈이 없다.

명상은 머릿속 떠오르는 생각을 말로 바꾸는 우리의 습관을 중지시키는 일이다. 입만으로 침묵하지 말고 생각을 침묵시켜 보라. 머릿속 말이 사라지는 순간 세상은 고요해진다. 그때의 세상은 말로 가득 차 있던 이제까지의 세상과는 다르게 경험된다. 그것은 맑고 한계 없는 우리의 본래 모습과 만나는 것이니 순수한 평화가 그로부터 나온다.

나무의 마음

○ 눈 오는 날 장작을 태워보면 안다.
비어 있는 것들이 얼마나 시끄러운지
불길만 봐도 나무를 알 수 있다.
사람 또한 나무와 다르지 않아
가벼울수록 소리가 크다.
소리 없이 타오르는 사과나무의 불길을 보며
침묵 속으로 한 발자국 걸어가 본다.

장작불 때는 아궁이 앞에 앉아 있다. 요란한 소리를 내며 타는 나무일수록 금방 불이 꺼진다. 가벼운 나무들은 금방 타고 금방 꺼지지만, 실속 있는 것들은 소리 없이 오래 탄다. 보랏빛 불꽃을 피우는 사과나무는 마치 깊은 호수의 물이 움직이듯 고요한 소리를 내며 타오른다. 여우도 죽을 땐 제 살던 쪽으로 머리를 둔다는데 소나무 장작을 태우는 불길에선 솔향기가 난다.
장작불 타오르는 아궁이 앞에 앉아 있으면 마음이 풍요롭다. 풍요롭다는 것은 부족함이 없는 상태를 뜻한다. 무언가를 자꾸 원하는 마음은 결핍감이며, 결핍을 느끼는 마음은 고통을 부르기 쉽다. 필요한 것이 없는데도 우리의 마음은 무의식적으로 뭔가를 자꾸 원하거나 결핍을 느낀다.

역설적이지만 그런 결핍감은 버리는 마음을 배움으로써 해결될 수 있다. 채워도, 채워도 뭔가 부족한 듯한 마음이 버리는 것을 배움으로써 비로소 채워진다는 말이다. 두루 만족한 상태인 풍요롭다는 느낌은 아무것도 없이 텅 비어 있을 때 온전히 느낄 수 있는 감정이니 참으로 역설적이다.

불길이 거세지면 아궁이 속은 마치 나무들이 서 있던 숲 속처럼 바람소리가 난다. 숲 속을 불어가던 바람의 기억이 나무결에 새겨진 탓인지 타오르는 순간 나무는 그렇게 아궁이 가득 바람소리를 불러놓고 숯이 되는 것이다.
사람도 나무와 마찬가지라 오래가는 친구는 말이 없다. 수다스러운 친구는 빨리 권태로워지고, 가벼운 친구는 신뢰를 쌓기 어려우니 인간이 나무에게 배울 것은 참으로 많다.
눈보라, 비바람, 나이테에 새긴 채 나무는 모든 것 다 세상에 내어주고 숯이 된다. 이 풍진 세상을 견디며 타오르던 인간도 삶이라는 불길이 다하는 순간 숯으로 돌아간다. 장작불은 타오르고, 주위는 따뜻하다. 마지막 순간까지 세상을 덥히는 나무의 생애가 거룩하다.

꽃그늘

○ 꽃 진다.

우주 전체가 지고 있다.

입 속의 차 향기에

차 나무 한 그루 숨어 있듯

한 조각 소금이

바다 전체를 품어 안듯

내 안의 허공 위로

가랑잎 하나 내려앉듯

꽃 진다.

멀리 있던 사람들이

송두리째 물든다.

하루하루가 흐르고 넘치더니 어느새 또 한 해가 흐르는 물에 떠내려가고 만다. 꽃은 져도 천 개의 장미 봉오리가 벌어지듯 아침이 되면 또 다시 벌어지는 하루는 향기도 없이 밤을 맞이한다.

향기 없는 장미가 가치를 상실하듯 삶 또한 향기 없는 삶이라면 얼마나 무미건조할 것인가?

삶 속에서 우리는 많이 가졌으면서도 한없이 인색한 사람을 보기도 하고, 가진 것 없으면서도 넉넉한 사람을 만나기도 한다.

참으로 부유한 사람은 내면의 정원에 꽃이 만발한 사람이라고 노래한다. 한 조각 소금이 바다 전체를 품어 안듯, 입 속의 차 향기에 차나무 한 그루 숨어 있듯, 참으로 부유한 사람은 하나를 가지고도 전체를 품어 안는 사람이다.

부유하건 가난하건 인생에서 소중한 것은 내 마음속에 핀 꽃향기가 세상에 넘쳐흐르도록 노력하는 것이다. 설령 물질적으로 궁핍하다 해도 마음까지 궁핍하지 않도록 애써야 한다. 향기는 부유한 장미의 꽃잎으로부터 피어나는 것이 아니라 내밀한 장미의 속살, 감춰놓은 장미의 마음으로부터 탄생하는 것이다.

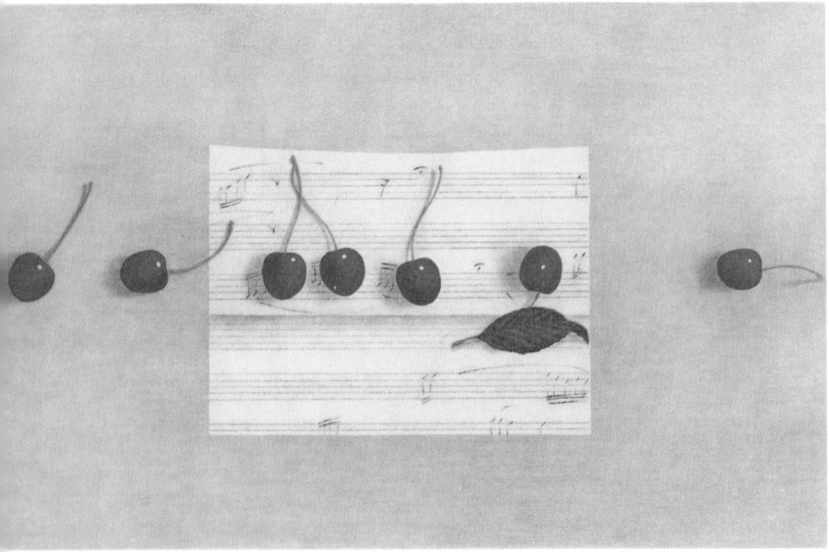

CHERRIES_1987 (17 x 27.5)

우리의 한 생애가 누군가와 만나고

우리는 그 사람을 안으며 그의 생애를 안는다.

내면의 성소聖所

○ 내 앞에 있는 아름다움과 함께 걸어갈 수 있기를.

내 뒤에 있는 아름다움과 함께 걸어갈 수 있기를.

내 위에 있는 아름다움과 함께 걸어갈 수 있기를.

내 아래 있는 아름다움과 함께 걸어갈 수 있기를.

북아메리카 나바호 족의 기도는 그 울림만으로도 아름답다.
살펴보면 그렇게 세상엔 아름다운 기도와 축복으로 한 생을 살아가는 사람들도 적지 않다. 세상이란 우리가 고통받고 버림받아 상처받으며 스스로 익히고 배우기를 반복하는 곳이다. 그런 과정을 통해 성숙해지는 길을 배우는 장소가 세상이다.
앞에도, 뒤에도, 위에도, 아래에도 그렇게 사방이 모두 아름다움으로 싸여 있는 곳 또한 우리 마음속에 있는 어떤 공간이다.
그곳은 끝없이 자신을 정화시키고 타인을 받아들이고 용서하며 화해하는 공간이다. 내면의 성소라고 부를 수 있는 그 공간을 통해 우리의 영혼은 성숙을 거듭하며 사방을 에워싼 아름다움 속으로 조금씩, 조금씩 걸어들어 가는 것이다.

그의 악역에 박수를 보내라

○ 우리가 사랑이라고 부르는 것들은 알고 보면 번뇌다.
사랑을 소유와 존재로 나누어 보면
소유의 사랑은 그 속에 상처를 감추고 있지만
존재의 사랑은 자유롭다.
지금 행복해 보인다 해도
소유의 사랑은 때가 되면 상처를 드러내며 우리를 할퀸다.

쉽게 상처받고 쉽게 잊지 못한다면 얼른 마음을 바꾸는 것이 좋다. 인생이란 드라마엔 배신이 필요하다. 양념이 들어가야 음식이 맛있듯 배신은 드라마를 재미있게 만든다. 나를 배신한 그는 자신이 맡은 배역에 충실했을 뿐이다. 그가 맡은 악역에 박수를 보내보라.

박수 치는 일과 사랑하는 일은 다르지 않다. 두 손바닥이 만나서 소리 내는 감사와 기쁨과 격려, 그리고 존경이 바로 사랑이다. 설령 그가 너무 빨리 무대를 내려갔다고 해서 서운해하진 말자. 그는 스스로 박수 받을 만한 자격이 없다는 사실을 알고 있었을 테니까.

세상의 모든 달

○ 나는 나 자신으로 존재하며 그것으로 충분하다.
아무도 나를 알아보지 못해도 나는
만족해서 앉아 있다.
그리고 모든 사람들이 다 알아본다 해도
역시 만족해서 앉아 있다.
무엇보다 큰 한 세계가 알아보고 있으니
그것은 바로 나 자신이다.

나 자신으로 존재하며 그것으로 충분한 그런 마음의 상태는 하나의 경지다. 존재의 한 경지를 드러내는 이런 글을 읽는 동안 나의 존재 또한 커다랗게 확대된다. 휘트먼의 시를 읽으며 문득 '산은 산이고 물은 물이다'가 떠올랐다.

산은 산이고 물은 다만 물일 뿐인데 산과 물에다 우리는 이런저런 수식을 덧붙인다. 높은 산, 맑은 물, 아름다운 산, 깊은 물 등등 우리가 붙이는 수식은 한정이 없다.

사람 또한 마찬가지다. 만나는 대상마다 우리는 점잖은 사람, 야비한 사람, 느끼한 사람, 똑똑한 사람, 멍청한 사람, 부드러운 사람, 하며 꼬리표를 단다. 대상과 마주치는 순간 우리가 가장 먼저 하는 일은 그렇게 꼬리표 다는 일이다.

대상에게 달아놓은 우리의 꼬리표는 편견으로 상대를 몰아세우기도 하고, 근거 없는 친밀감으로 간이라도 빼줄 것처럼 행동하기도 한다. 그러나 인간이 아무리 이런저런 꼬리표를 가져다 붙인다 해도 산은 변함없이 그 자리에 앉아 있을 뿐이며 물은 변함없이 그 자리를 흘러간다. 누가 나를 알아봐 준다고 해서 원래의 내가 더 나은 존재가 되는 것도 아니며, 알아주는 사람이 아무도 없다고 해서 원래의 내가 더 못해지지도 않는다.

타인이 내게 붙여놓는 꼬리표에 의해 내 인생의 희비가 엇갈린다면 나의 주인은 내가 아니라 내게 꼬리표를 다는 바로 그 사람이다. 그 사람이 붙여놓는 꼬리표에 의해 나는 기뻐하다가 슬퍼하다가 희비를 거듭하는 노예가 되는 것이다.

아무도 알아주지 않아도 스스로 자신을 알아볼 줄 아는 경지에 가면 존재 그 자체로 우리는 풍요로울 수 있다. 내게 있는 무엇보다 큰 한 세계, 그것이 바로 신성이며 때 묻지 않은 우리의 본래 모습이다. '산은 산이고 물은 물이다'라는 그 한 줄의 깨달음과 흡사한 게송을 이규 선사는 이렇게 남기고 있다.

차고 기울고 흔적 없이 사라지고
그래도 다시 떠오르는 달
보면 언제나 있는 그대로
버들은 푸르고 꽃은 붉다.

버들은 푸르고 꽃은 그대로 붉은데 그저께 가득 찼던 만월은 차오르다가 마침내 기울며 사라진다. 그것이 우리의 삶이고, 자연의 자연스러운 흐름이다. 거듭되는 변화 속에 찼다가 기울고, 또 찼다가 기우는 삶. 인간의 삶은 우주의 커다란 원리를 따라 그렇게 변화에 변화를 거듭한다. 어느 한 자리에 머물지 않고 끊임없이 변화하는 무상한 인생의 그 어디에다 이렇다 저렇다 꼬리표를 붙일 수 있겠는가?

흘러가는 그것들

○ 당신에게 남아 있는 시간은 얼마 되지 않습니다.
그나마도 사랑하지 않고 보내는 시간은
아무런 의미가 없습니다.
남을 미워하고 비난하며 보내기에는
우리에게 남아 있는 시간이 아깝고 소중합니다.

우리는 때로 아무것도 아닌 일을 방어하기 위해 일생을 소비하기도 한다. 나를 방어하기 위해서 기울이는 노력만 줄일 수 있어도 인생은 훨씬 더 창조적이 될 수 있다.
방어하는 힘이 있다면 그 힘을 놓아버리는 데 사용하자.
시간이 가면 흙은 가라앉고 맑은 물만 드러난다. 인생의 많은 것은 그와 다르지 않아 흘러가고 나면 아무것도 아니다. 아무것도 아닌 것들을 방어하느라 소중한 인생을 낭비하지 말자.

스위치를 켜라

○ 희망이란

본래 있다고도 할 수 없고 없다고도 할 수 없다.

그것은 마치 땅 위의 길과 같은 것이다.

본래 땅 위에는 길이 없었다.

걸어가는 사람이 많아지면 그것이 곧 길이 되는 것이다.

중국의 위대한 작가 루쉰의 말이다. 희망이 없는 곳에 어떻게 하면 희망의 씨를 뿌릴 수 있을까? 희망은 선택 사항이다.

어디에 희망을 걸지를 선택하는 것은 내 마음이다. '있다고도 할 수 없고, 없다고도 할 수 없는' 희망이란 것을 있도록 만드는 것은 결국 나 자신의 선택이라는 말이다.

본래 땅 위엔 길이 없었다. 걸어가는 사람이 많아지면 길이 뚫리고 마을이 생기듯 희망의 길 또한 내가 걸어가는 순간 뚫리고 마을이 생겨난다. 그 마을에 집을 짓고, 씨를 뿌리고 농사를 짓는 동안 그것은 더 넓고 큰 길이 된다.

희망이 없는 삶은 암담하지만 그 암담함을 밝히기 위해 우린 손을 내밀고 손가락 뻗어 희망의 스위치를 켜야 한다. 불을 켤지 말지는 순전히 나의 선택 사항이다. 희망의 불빛은 본래 있다고도 할 수 없고 없다고도 할 수 없지만 스위치를 넣는 순간 환하게 나를 밝힌다.

꽃씨와 꽃

○ 하늘을 올려보며 침 뱉었다면

침이 떨어질 곳은 그대 얼굴이다.

허공을 향해 던진 부메랑은 던진 이를 향해 돌아온다.

되돌아오기 위해서 그것은 조금 시간을 필요로 한다.

그러나 모든 것은 부메랑처럼 원래의 그곳으로 되돌아온다.

지금 만약 힘든 처지에 놓여 있다면, 그것은 과거 어느 순간 내가 뿌린 씨앗이 꽃을 피운 것이라고 생각하는 것이 마음 편하다.
지금의 불행은 과거 어느 순간, 이번 생이거나 다른 어떤 생에서 내가 뿌린 씨앗이 이제야 꽃피는 것이다.
힘든 그 상황을 꽃 보듯 좋아할 순 없더라도 모든 것을 담담히 받아들여야 한다. 모든 것은 흘러가기 마련이고, 어려운 그 상황도 시간이 가면 흘러가기 마련이다.
과거에 내가 뿌린 씨앗이 피운 그 꽃은 한번 시들고 나면 다시 피진 않을 것이다. 올해 봄에 피는 꽃이 결코 지난해 피던 그 꽃과 같은 꽃은 아니듯, 오래된 나무가 꽃 피우지 못하듯 더 이상 내가 씨앗을 뿌리지 않는 이상 아픔의 꽃송이는 줄어들게 될 것이다.

성공과 실패의 변주곡

○ 나의 실패는 당신의 성공.

그렇다면 당신의 실패는 나의 성공인가?

그렇지 않다.

성공과 실패는 반대편에 서 있는 양극이 아니라

서로 손 잡고 있는 두 개의 팔일지도 모른다.

시행착오로부터 우리는 많은 가르침과 교훈을 얻는다.
실패가 없는 인생은 순탄할 것 같지만 그건 참으로 따분한 인생일지 모른다. 실패를 통해 우리는 자기도 모르게 높이 설정해놓았던 스스로의 에고를 비로소 낮추며 겸손해질 수 있다. 역설적인 이야기지만 성공뿐인 인생은 그 성공으로 인해 실패한 인생일 수 있다.
성공한 인생의 대표적인 케이스인 빌 게이츠는 타인을 위해 수많은 돈을 기부하고 또 기부해도 여전히 세계 최고의 갑부다. 그것도 모순이라면 참으로 모순되는 상황이다. 돈을 써도 써도 그 돈이 없어지지 않고 여전히 많다고 하니. 어쩌면 거기에 삶의 원리가 숨어 있는 것일지도 모른다.
실패 또한 마찬가지라 스스로 마음을 어떻게 먹느냐에 따라 실패에 실패를 거듭해도 여전히 성공한 사람일 수도 있다. 수많은 실패를 결코 실패로 받아들여 좌절하거나 스스로를 낙오자로 만들지 않고 오히려 그 실패를 자신을 낮추고 겸손해지는 계기로 만들어 턱없이 인플레이션된 에고를 적절한 수준으로 조절할 수 있다면 그런 사람이야말로 참으로 성공한 사람 아닐까?
기부하고 또 기부해도 세계 최고의 부자인 빌 게이츠도 훌륭하지만 실패할 때마다 자신을 낮추어 높은 에고를 겸손한 수준으로 내려놓는 사람이 있다면 그 사람이야말로 실패를 수행으로 삼아 성공한 사람이다.
성공은 인간의 에고를 더욱 단단하게 만들어 본래의 모습을 볼 수 없도록 만들 때가 많다. 그러나 제대로 된 실패는 시야와 안목을 더 낮은 곳으로 넓혀 겸손을 가르친다는 면에서 더 큰 성공이 될 수 있다.

꿈속의 사자들

○ 꿈속에서 나는 왕이었다. 백성은 온 세상에 퍼져 있고 왕이 된 나는 밀림을 지배하는 사자처럼 만물 위에 군림하며 옥좌에 앉았다. 세상은 내게 복종했으나 몸 뒤채며 돌아누울 때 모든 건 분명해졌다.

나는 사자가 아니었다. 다만 한 마리 당나귀, 어리석은 바보였을 뿐….

이 글을 처음 읽었을 때 크게 공감했던 기억이 난다. 세상엔 자신이 사자인 줄 알고 큰소리치는 사람들이 많다. 돌아누우며 꿈에서 깨는 순간 금방 초라한 당나귀가 되어버리는 꿈속의 사자들.

그들이 자신이 사자가 아니라 고집 세고 어리석은 당나귀라는 사실을 알게 되기까지는 시간이 좀 걸린다. 군림하던 직장에서, 큰소리치던 가정에서, 운 좋게 올라갔던 높은 자리에서 내려와야 비로소 당나귀는 사자의 환상에서 깨어난다.

그러나 어찌 된 셈인지 요즘 세상엔 꿈에서 깨어나도 끝까지 자신이 당나귀가 아니라 사자라고 우기는 사람들이 많다. 고집 세고 어리석은 당나귀들이 세상의 곳곳에서 군림하는 것이다.

당신은 사자인가 당나귀인가? 사자라고 믿지만 어쩌면 당신은 당나귀일지도 모른다.

행복과의 공존

○ 너는 내일을 걱정하고
나는 지난 날을 후회한다.
오늘을 살면서 우리는 늘 현재에 없다.
너는 늘 바쁘고 나는 언제나 불안하다.
오늘을 살면서 현재에 없는 우리는
더 많이 행복해지기 위해
더 많이 불행해져도 괜찮다고 믿는다.

더 많이 가지기 위해 사람들은 애쓰고, 더 크게 성취하기 위해 무엇인가에 몰두한다. 누가 그것을 잘못되었다고 말할 수 있겠는가. 그러나 더 많이 행복해지기 위해 사람들은 더 크게 불행해질 일도 서슴지 않는다. 칼날에 묻은 꿀을 빨듯 머지않아 다가올 불행을 모르는 척 외면하며 눈앞의 이익만 좇는 것이다.

내일 불행해지더라도 지금 이 순간 이익을 얻으면 그만이라는 생각은 우리를 더 큰 불행으로 몰고 간다. 더 많이 행복해지기 위해 사람들은 더 많이 불행해져도 괜찮다고 믿는다. 그러나 행복과 불행은 결코 공존할 수 없다. 빛이 스며들면 어둠이 사라지듯 작은 불행은 아무리 커다란 행복이라 해도 일시에 무너뜨린다.

고통의 촛불

○ 전쟁의 폭력이든, 거리의 폭력이든, 가정의 폭력이든
모든 폭력의 경험자는 타오르는 촛불이며
세상을 치유하는 강력한 힘이 될 수 있다.
우리는 고통을 통해서 치유를 향해 나아간다. -끌로드 안쉰 토머스

크건 작건 우리는 모두 폭력의 희생자가 될 수 있으며 동시에 폭력을 행사하는 사람이 될 수 있다. 물리적인 폭력뿐 아니라 말로 만들어내는 폭력 또한 타인과 자신에게 고통을 주는 행위다.
베트남 전쟁에 참전한 뒤 극심한 트라우마에 시달렸던 끌로드 안쉰 토머스는 불교에 귀의해 스님이 되면서 고통으로부터 풀려난다. 극한의 폭력을 경험했던 사람이기에 그가 하는 말은 누구의 말보다 커다란 울림을 준다. '고통을 통해서 치유를 향해 나아간다'는 그의 말은 치유를 위한 강력한 메시지를 우리에게 전한다.

'약한 자는 고통을 통해 더욱 일그러지고 강한 자는 고통을 통해 아름다워진다'고 한다. 자기가 받은 고통을 그대로 사회에 돌려주겠다는 듯 세상을 원망하고 비난하는 사람들은 한결같이 일그러진 모습을 하고 있다. 반면에 고통스러운 일을 당하고도 또 다른 고통받는 사람들을 위해 봉사하며 헌신하는 사람들의 얼굴은 결코 일그러지지 않는다.

이 험한 세상에 고통받지 않고 살아갈 수 있는 사람은 많지 않다. 그러나 원망하고 비난하며 세월을 보내는 한 상처만 더 깊어질 것이다. 우리는 우리가 생각하는 것보다 더 강하다. 고통과 상처를 통해 우리는 세상의 촛불이 될 수 있다. 우리가 받은 고통스러운 경험들이 세상을 치유하는 강력한 힘이 될 수 있다는 사실을 우리는 다만 모르고 있을 뿐이다.

내 안에 있는 아름다움과 함께 걸어갈 수 있기를.

PINK CURTAIN_1996 (22.5 x 18)

외롭지 않은 사람은 없다

○ 나는 외롭냐고 문자했고, 그는 외롭지 않다고 답했다.
외롭지 않다는 그가 외로운 나보다
더 외롭게 느껴지는 건 왜일까?
그가 외로운 것인지 그를 보는 내 마음이 외로운 것인지,
인생은 가끔 외로운 사람보다 외롭지 않은 사람이 더 외롭다.

누가 곁에 있건 없건 인간은 고독한 존재다.
사업을 하는 친구로부터 이런 이야기를 들은 적이 있다.
"사업할 때 어떤 일이 가장 힘들까를 사람들에게 물으면 대개 자금을 조달하는 문제, 인재를 찾는 문제, 인허가에 관련된 문제, 뭐 이런 것이 힘들 것이라고 추측을 해. 그런데 정말 힘든 건 그게 아니야."
"그럼 뭐지? 가장 힘든 게?"
"고독."
"고독이라고? 사업에서 힘드는 게?"
"그래. 외로움을 어떻게 극복하느냐가 가장 힘든 일이란 말이지."
뜻밖의 말이었다. 의아해하는 내게 친구가 한 설명은 이랬다.
"수시로 뭔가를 결정해야 하는 일, 때로 회사의 운명을 좌우하는 대단히 중요한 사항을 결정할 때 나 스스로 판단해야 한다는 것, 그 결정의 책임을 모두 내가 져야 한다는 것, 그럴 때 몰려오는 고독감이 가장 힘

든 일이야."
그런 곳에도 고독이 있을지 몰랐다. 막막하고 광활한 이 우주에서 '나'라는 개별자가 느끼는 고독은 그렇게 곳곳에서 우리를 외롭게 만든다.

인생은 그렇듯 외롭지 않다고 말하는 사람들이 더 외로울 때가 있다. 따지고 보면 세상에 외롭지 않은 사람이 어디 있겠는가? 외롭기 때문에 술을 먹고, 외롭기 때문에 문자를 하고, 외롭기 때문에 더 외로운 곳을 찾아 여행을 떠나며, 외롭기 때문에 누군가를 사랑하고, 외롭기 때문에 깨어진 사랑을 놓지 못하고 힘들어하는 것이다.

그렇다면 우리를 외롭지 않게 하는 사랑, 변하지 않고 영원한 그런 사랑이 세상에 있기는 한 걸까? 뚜껑을 열면 날아가 버리는 향수 같은 사랑이 아니라 존재의 진한 고독감을 채워줄 수 있는 고귀한 사랑은 정말 존재하는 것일까?
제대로 된 사랑은 아마 매순간 상대를 깨어 있게 하는 사랑일 것이다. 참된 사랑은 일종의 각성이며 그것은 불빛에 녹아내리는 양초처럼 열기를 못 이겨 사라지는 그런 사랑과 달리 감싸 쥘수록 따뜻해지는 찻잔 같은 것이다.

행복을 위한 최적의 상황

○ 내 삶에서 가장 행복한 날은 언제입니까?

오늘입니다.

내 삶에서 가장 절정의 날은 언제입니까?

오늘입니다.

내 삶에서 가장 소중한 날은 언제입니까?

오늘입니다.

과거는 지나간 오늘이고,

미래는 다가올 오늘이기 때문입니다. -벽암록에서

죽기 살기로 공부하는 일, 그것이 행복을 보장하거나 행복한 일이 아니라면 다시 생각해야 한다. 사랑에 빠진 일, 그것 또한 나를 행복하게 하지 않으면 그만두는 것이 좋다. 누군가를 돕는 일, 그것이 나를 행복하게 하지 않으면 얼른 그만두어야 한다.

지금 가까운 사람 중에 아픈 사람 없는가? 그렇다면 당신은 마음만 먹으면 행복할 수 있다.

지금 가족 중에 힘든 사람 없는가? 그렇다면 당신은 마음먹는 그 순간 바로 행복할 수 있다.

지금 아무 일도 없이 심심하거나 지루한가? 그렇다면 당신은 지금 행복을 위한 최적의 상황에 놓여 있다.

세상을 구원하는 사람

○ 오늘 달걀 한 알을 손에 쥐는 것보다
내일 닭 한 마리를 품에 안는 사람이 되라.

세상을 구원하는 자는 돈 많은 재벌이나 입심 좋은 정치가가 아니라 꿈꾸는 사람이라고 한다.
꿈이 있는 사람은 돈이 없어도 부유한 사람이다. 어쩌면 가장 초라한 사람은 돈 없는 사람이 아니라 꿈 없는 사람이 아닐까? 그러나 어떤 꿈을 가지고 있느냐고 물으면 선뜻, 내 꿈은 이런 것입니다 하고 대답하는 사람이 많지 않다.
꿈이란 인생의 목표 같은 것이다. 목표를 묻는데 그 목표가 뭔지 선뜻 대답하지 못한다면 정신을 빼놓고 살아간다는 말과 다를 바 없다. 목표 없이 사는 삶이 어찌 행복할 수 있겠는가?
꿈이란 원래 그것을 이루어가는 과정이 소중하다. 그래서 꿈꾸는 사람을 세상을 구원하는 사람이라 말하는 것이다. 세상에 와서 뭔가를 성취한 사람들을 살펴보라. 그들의 성취는 모두 꿈으로부터 시작된다. 오늘 달걀 한 알을 손에 쥐는 것보다 내일 닭 한 마리를 품에 안는 것이 더 낫지 않겠는가?

내 안의 나

○ 강력한 고통은 강력한 에너지다.
고통으로부터 달아나려고 하지 말고
고통의 에너지가
자신을 변화시키도록 할 수 있다면
고통스러운 이 순간으로부터 벗어날 수 있다.

미칠 것 같은 아픔, 타는 듯 강력한 고통의 힘을 통해 스스로를 변화시킬 수 있는 사람은 참으로 강한 사람이다. 고통에 대한 두려움은 우리를 태워버리지만, 피하지 말고 그것에 대한 저항을 조금 내려놓을 수만 있다면 우리는 변화를 경험한다.

마음공부의 힘이 커지고, 자신의 내면에 있는 위대한 존재를 흔들리지 않고 믿을 수 있는 힘이 생기면 우리는 어려움과 만나도 그 어려움을 이겨낼 수 있다.

내 안에 있는 신성한 존재, 그것을 신이라 부르건 부처라 부르건 상관없다. 위대한 내면의 힘에 의지해 우리는 세상의 험한 풍파를 넘어가야 한다. 내 안의 위대한 힘을 불러내는 일을 우리는 기도라고 말한다.

천 개의 강에 달은 비치고

○ 과거에 게을렀던 사람일지라도

이제 더 이상 게으르지 않은 사람은

마치 구름 사이를 뚫고 나온 달처럼 세상을 비출 것이다.

일찍이 자신이 지은 악업을 선업으로 덮는 사람은

구름 사이를 뚫고 나온 달처럼 세상을 비출 것이다.

달은 소리도 없이 구름 사이를 뚫고 나온다. 달은 하나지만 천 개의 강엔 천 개의 달이 뜬다. 달과 마찬가지로 천 명의 사람이 있다면 세상엔 천 개의 업이 결실을 맺는다. 때가 되어야 나오는 달처럼 모든 업은 때가 되면 그 과보가 드러나게 된다.

경전은 말한다. 과거에 게을렀던 사람일지라도 더 이상 게으르지 않은 사람은 세상을 비출 것이며, 예전에 지은 악업을 선업으로 덮는 사람 또한 마치 구름 사이를 뚫고 나온 달처럼 이 세상을 비출 것이라고.

마음의 온도를 높여라

○ 누군가를 사랑하라. 그러면 당신은 버림받을지도 모른다.
당신의 사랑이 오히려 상대를 오만하게 할지도 모른다.
그러나 어리석게 느껴질지라도
그것이 당신의 영혼을 확대시키는 일이다.
받기보다 주는 것을 좋아하는 사람이 세상을 바꾼다.

사랑은 사람뿐 아니라 모든 동식물에게도 긍정적인 영향을 미친다. 사랑하면 안 보이던 것도 보인다고 한다. 사랑을 하면 오래 산다고도 한다.

호주의 한 대학 교수는 '종이 비행기를 만들든, 정원을 가꾸든, 사랑하는 사람의 눈을 들여다보든, 좋아하는 활동을 할 때는 시간이 멈춘 것 같거나 실제 1시간인데도 5분처럼 느끼는 순간을 겪게 된다'며 '한 가지 행동에 완전히 몰입해 시간의 흐름을 느끼지 못하는 것이 사랑하는 활동'이라고 정의 내렸다.

시간의 상대성 원리라고나 할까? 사랑에 빠진 사람들의 시간은 너무 빨리 간다. 반면에 싫어하는 사람과 같이 있을 때 시간은 너무 더디다. 사랑을 할 때와 그렇지 않을 때 시계 바늘로는 같은 1시간이지만 그 느낌이 달라지는 것이다.

미국의 한 실험실에서는 사랑스럽게 안아준 토끼들이 그렇지 않은 토끼들보다 60%나 오래 살았다는 연구 결과를 발표하기도 했다. 일반적으로 여성의 평균 수명이 남성보다 8년 정도 더 많다고 하는데 여성이 남성보다 오래 사는 이유 또한 여성이 남성보다 연인이나 아이들, 부모를 더 사랑하는 경향이 있기 때문이라고 한다.

사랑의 긍정적인 측면을 떠올리다가 참된 사랑이란 다름 아닌 존재에 대한 충만한 자비심 같은 것이 아닐까 하는 생각을 해본다. 그것은 매달리고 집착하며 소유하길 원하는 제한되고 이기적인 마음이 아니라 존재 그 자체를 있는 그대로 받아들이는 비어 있는 마음이다.

'사람이 한 생을 마친 다음에 남는 것은 평생 모아둔 어떤 것이 아니라 남에게 준 어떤 것이다'라는 말처럼 살아온 생을 결산하는 시점이 되면 누군가에게 평생 모아둔 어떤 것을 물려주려 애쓰기보다 사랑을 물려주는 것이 어떨까?

떨어진 물 한 방울의 온도와 부피만큼 바다의 온도와 부피 또한 변할 것이 분명하다. 측정할 수 없지만 내가 준 사랑의 온도만큼 세상의 온도 또한 높아질 것이다.

바라는 것 없이 나를 인생에 내어주라

○ 바람소리에 귀 맡기는 들풀처럼

파도에 옷고름 푸는 해변처럼

눈물에 마음 내어주는 하얀 뺨처럼

바라는 것 없이 나를 인생에 내어주라.

노을에 물들고 있는 강의 표정은 온화하고 따뜻하다. 노을 지는 강처럼 인생의 황혼을 맞은 이는 삶의 아픔을 내면으로 묻어둔다. 모든 것 껴안은 채 강은 흘러가고, 깊은 강은 소리를 감춘다.

그렇게 모든 것 내어주며 강은 여기까지 흘러왔을 것이다. 한때 내가 만났고, 한때 나와 헤어졌던 그 모든 이들 또한 인생에 모든 것 다 내어주며 여기까지 왔을 것이다. 얼마나 남았는지 알 길 없지만 사랑한 만큼 인생은 더 풍요로워진다. 얼마나 남았는지 알 길 없지만 사랑을 받은 만큼 인생은 더 아름다워진다.

밀어내는 물결의 힘에 밀려 강은 어느 것이 앞물결이며, 어느 것이 뒷물결인지 모르는 채 흘러간다. 온화하고 따뜻한 저 강도 노을이 지고 나면 곧 어둠의 강이 되리라. 모든 것을 품어 안고 강물은 흐르지만 깊은 강은 멀리 가기 위해 소리를 감춘다.

근원

○ 행복한 삶이란 어떤 것일까?

나는 삶으로부터 한번도 A/S 받았던 적이 없다.

왜 삶은 우리에게 A/S 하지 않는가?

그러나 내 삶을 A/S 할 수 있는 존재는 나뿐이다.

내 인생의 근원은 나다.

모든 것을 A/S 받을 수 있는 편리한 세상에 우리는 산다. 그러나 인생은 우리에게 아무런 A/S를 제공하지 않는다. 내가 무엇을 사건, 내가 무엇을 팔건, 내가 어디에서 상처 나며 어디에서 치유되건 인생은 내게 도대체 관심이 없다.

그러나 그렇다면 나는 인생에게 관심이 있었던가? 나는 내 인생을 A/S 했던가? 인생에게 나는 끊임없이 요구하기만 했을 뿐 정작 인생이 어떻게 굴러가건, 어디에 탈이 났건 투덜대며 불평만 했을 뿐 나 스스로 내 인생을 A/S 하려 했던 적이 없었던 건 아닐까? 내 인생의 근원은 나다. 하지만 그 사실을 잊고 사는 사람이 많다. 나는 정말 내 인생의 뿌리인가, 가지인가?

누가 정해놓은 기준인가?

○ 선과 악의 구분은 누가 만든 것인가?
만약 당신이 지금 악행을 하더라도
누군가를 위기로부터 구해낼 수 있다면
당신은 그 행위를 해야 옳은가, 하지 않아야 옳은가?

우린 대부분 무엇이 옳고, 무엇이 그른지를 가려내는 기준을 정해놓고 산다. 도덕이라고 부르기도 하고, 계율이라 부르기도 하고, 규칙이라 부르기도 하고, 질서라 부르기도 하는 그 기준. 그런데 그 기준은 대체 누가 정해놓은 것일까?
"옳고 그름을 가릴 수 있는 절대적인 기준이란 없다. 그것은 각자의 의견과 같은 것이라 사람마다 기준이 달라진다. 기준이란 결국 각자의 생각에 의해 결정되며 옳고 그름은 그 생각의 차이다."
타인의 입장에서 옳고 그름을 바라볼 수 있는 사람을 우리는 지혜롭다 부른다. 지혜로운 이는 자신의 기준을 떠나 타인의 기준을 잘 받아들인다. 위기에 빠진 누군가를 위해 당신은 세상이 정해놓은 도덕, 계율, 규칙, 질서들을 내버릴 수 있는가? 그것이 절대적이라고 믿고 있지만 당신이 정해놓은 기준은 당신이 가지고 있는 하나의 의견일 뿐이다.

우연한 용서는 없다

> 결정은 우리 손에 달려 있다. 용서가 우연히 일어나는 경우는 없다.
> 우선 용서하겠다는 결심이 있어야 하는 것이다.
> 용서해야 한다는 의무감 때문에 용서하지는 않는다.
> 용서는 강요될 수 없는 행위이기 때문이다.
> 선택은 당신의 자유다. 용서를 선택함으로써,
> 과거를 해방시켜 현재를 치유할 수 있는 것이다. -프레드 러스킨

누군가를 용서하는 일은 어쩌면 나 자신을 용서하는 일일 수도 있다. 과거에 묶여 괴로워하는 자신을 풀어주는 일이 용서니까.
그러나 모든 과거를 다 잊어야 할 필요가 없듯 모든 것을 다 용서해야 하는 건 아니다. 세상엔 때로 용서해서는 안 될 일도 있다. 용서해서는 안 될 일이 있는 것처럼 용서받을 수 없는 일도 있다. 불의를 묵인하는 것은 용서가 아니라 타협이다.
용서를 선택한 나 자신의 결정은 나 자신을 편안하게 만든다. 그러나 우주의 법칙은 그것만으로 끝나진 않는다. 비록 내가 그를 용서했다 해도 씨를 뿌렸으면 열매가 열리듯 누군가에게 저지른 악행은 용서의 유무와 관련 없이 반드시 그 대가를 치러야 한다. 과일의 열매가 익을 때까지 시간이 걸리듯 악행의 열매도 업보가 무르익을 때까지 적당히 시간이 걸릴 뿐이다.

사랑할 날이 얼마나 남았을까?

○ 남아 있는 시간은 얼마일까?
아프지 않고
마음 졸이지도 않고
슬프지 않고 살아갈 수 있는 날이
얼마나 남았을까?
바라보기만 해도 가슴 따뜻한
사랑할 날이 얼마나 남았을까?

사랑하기 때문에 헤어진다는 말을 이해할 수 없던 때가 있었다. 사랑하는데 왜 헤어져? 사랑하면 같이 살면 되지, 하며 사랑하는 사람들이 정작 그 사랑 때문에 헤어지는 상황을 납득하지 못할 때가 있었다. 그러나 시간은 언젠가 그런 의문에 대한 답을 보따리 풀듯 풀어놓는다.

삶의 모순을 이해하기 위해선 시간이 필요한 법이다. 세월이 흘러가야 비로소 이해되는 것들이 인생엔 있는 것이다.
사랑하는 딸의 남은 생을 위해 뇌성마비 외손자와 함께 강물에 뛰어든 할아버지의 사연이나, 치매에 걸린 배우자의 간병에 지쳐 동반자살을 시도한 노인이 아들에게 남긴 '미안하다'는 한마디는 우리가 사랑이라 부르는 것들의 지극한 모순을 보여주는 비극이다.

러시아의 영화감독 안드레이 타르콥스키는 "마음속에 사랑이 샘솟지 않는 이의 삶에는 아무런 일도 일어나지 않는다. 그는 다만 서서히 죽어갈 뿐이다"라고 말했다. 그러나 설령 샘솟는다 해도 사랑은 영원할 수 없으며 사랑이 있건 없건 인간은 서서히 죽어가야 할 숙명을 타고 난다.

하루는 길지만 일주일은 짧고, 한 달이나 일 년은 그보다 더 짧게 느껴진다. 어느새 일 년이 가고, 어느새 인생의 시계가 황혼을 향해 움직일 때 정말 내게 남은 시간이 얼마나 될까 궁금해질 때가 있다.
정말 남은 시간은 얼마나 될까? 누군가를 받아들이고, 또 누군가를 토닥거리며 보낼 수 있는 시간은 얼마나 될까? 마음 졸이지도 않고, 슬프지도 않고, 사랑할 수 있는 날이 내겐 정말 얼마나 남았을까?

내 안의
거인을
깨우는
시간

누구도 내 길을 대신 가줄 수는 없습니다.

BASIN 2_1997 (31.5 × 26.5)

간절한 마음

○ 내 남은 생애의 첫날인 오늘,
행복한 경험들을 끌어올 수 있도록
좋은 생각을 하라.

깊고 간절한 마음은 우리가 원하는 것을 성취하게 하는 강력한 에너지다. 우리가 잠들기 전에 해야 할 일은 내일 펼쳐질 세상에 대해 원하는 동영상을 떠올려 앞일을 설계하는 것이다.
머릿속의 청사진대로 우리의 미래는 설계된다. 그 현실을 마음의 힘으로 끌어오라. 수많은 가능성이 도처에서 끌어당겨 주길 기다리고 있다. 우주라는 공간에 널려 있는 수많은 가능성을 내 것으로 끌어당기는 유인력의 법칙을 실생활에 적용할 수만 있다면 우리는 원하는 것을 얻을 수 있을 것이다.

우리가 원하는 어떤 것이 실현되도록 하기 위해서 우리가 해야 할 일은 먼저 그것을 믿는 것이다. 원하는 것이 반드시 이루어질 것이라 믿는 마음은 긍정적인 에너지로 작용하고, 그 에너지는 당신이 원하는 것을 이루는 동력이 될 것이다.
우리가 원하는 것은 다 이루어진다. 반드시 이루어진다는 확신이 클수록 실현될 가능성도 따라서 커진다. 만약에 그것이 이루어지지 않는다면 그 이유는 당신의 마음이 간절하지 못했거나 아니면 이루어질 때까지 당신이 기다리지 못했던 것뿐이다. 원하는 그 무엇인가가 있다면 마음을 다해 그것에 집중하라. 깊고 간절한 마음은 원하는 것을 이루어지게 하는 강력한 에너지다.

불청객

○ 길 고양이 한 마리 담장 위에 앉아 있다.
한 마리 더 담장 위에 나타난다.
나란히 앉아 있는 담 위의 저 불청객들.
저들처럼 우리 또한 인생의 불청객인 건 아닐까?
인생을 불청객처럼 사는 이가 뜻밖에 많다.

담장 위에 앉아 있는 길 고양이들을 본다.
저들은 도대체 어디에서 사는가? 어디에서 비를 피하며, 어디에서 잠드는가? 초대하지 않아도 저들은 오고, 내쫓지 않아도 사라져 간다.
그들과 우리는 무엇이 다른가? 초대한 적 없는데 여기에 와 세상의 풍파를 한몸에 받으며 무엇을 배우는가 우리는?

가슴이 알려줄 것이다

○ 뭔가를 시작하는 방법에는 네 가지가 있다. 첫 번째, 마음먹자마자 곧장 시작하는 것이다. 두 번째, 무슨 일을 하든 한 번은 먼저 생각을 해보는 것이다. 세 번째, 무슨 일을 시작하기 전에 세 번을 생각해보는 것이다. 네 번째 방법은 무슨 일을 시작하기 전에 네 번을 생각해보는 것이다.

아메리카 인디언들의 지혜가 담긴 글이다. 무슨 일을 시작할 때 당신은 어떻게 시작하는가? 아이디어가 떠오르자마자 대번에 시작하는가, 아니면 몇 번씩 생각하며 심사숙고하는 스타일인가?
인디언들은 네 번을 깊이 생각하고 일을 시작하면 모든 일에 실수가 없다고 한다. 이것이 바로 일을 안전하게 끝내는 방법이라고 말하며, 그들은 때로는 한 가지 문제를 가지고 하루 종일 깊이 고민해야 할 때도 있다고 말한다.
매사에 심사숙고하며 깊은 생각을 하는 것은 실수를 줄일 수 있는 방법이다. 그러나 때로 너무 오랫동안 생각에만 매달려 있다 보면 기회를 놓칠 수도 있다. 이렇게 해야 되나 저렇게 해야 되나 결론을 내리지 못할 때는 가슴 깊은 곳에서 울려나오는 소리에 귀 기울여보자. 생각을 버리고 고요히 가슴의 소리에 귀 기울이면 가슴이 답을 알려줄 것이다.

나를 대신할 수 있는 것은 없다

○ 진리는 내 안에 있을 뿐
그 어떤 신도, 그리고 그 어떤 스승도
나 대신 살아줄 수도, 죽어줄 수도 없다.
길이 있어도 내 안에 있고,
길을 걸어도 내가 걸어야 내 길이지
누구도 내 길을 대신 가줄 수는 없다.

좌선을 하고 있는 제자에게 스승이 다가가 물었다.
"뭐가 되려고 그렇게 앉아 있기만 하느냐?"
"부처가 되려고 그럽니다."
제자의 답을 들은 스승은 돌을 하나 주워 바위에 갈기 시작했다. 이번엔 제자가 스승에게 물었다.
"돌을 그렇게 갈아서 뭐하시려고 그럽니까?"
스승은 이렇게 대답했다.
"거울을 만들려고 그런다."
바위에 돌을 갈고 있는 스승은 언제쯤 거울을 만들 수 있을까? 제자는 그런 스승을 향해 "돌을 갈아서 어느 세월에 거울을 만들 수 있겠습니까?"라며 스승을 힐난한다. 그러나 그 말이 떨어지자마자 스승은 기다렸다는 듯 대꾸한다.

"앉아 있기만 하는 너는 그럼 어느 세월에 부처가 되겠느냐?"
내 안에 있는 가능성, 내 안에 있는 부처는 버려두고 아무리 돌을 갈아봐야 거울이 될 리 없다. 자신의 가치는 비하하고 아무리 훌륭한 이를 스승으로 삼는다 한들 나 자신이 바뀔 리는 없다. 아무리 배가 고파도 남이 먹는 밥으로 배부를 수 없으며 아무리 숨이 막혀도 나 대신 숨 쉬어 줄 수 있는 사람은 없다.

비슷한 이야기는 또 있다. 한 겨울 추위를 이기기 위해 객승이 길가에 보이는 절로 들어가 불상을 들고 와 불을 지핀다. 불을 붙이자 목불은 장작처럼 활활 타오른다. 뒤늦게 그 장면을 목격한 주지스님은 아연실색하며 소리를 지른다.
"아니 부처님을 불태우다니 이 무슨 미친 짓이냐?"
타고 남은 재를 뒤적거리고 있던 객승은 주지의 고함소리에 능청스럽게 대꾸했다.
"미친 짓은 무슨 미친 짓, 태워야 사리를 얻지."
목불을 태워서 사리를 얻겠다는 객승의 어이없는 대답에 주지스님은 버럭 소리를 질렀다.
"이 미친놈아, 불상을 태운다고 사리가 나오냐?"
화내는 주지를 바라보며 객승은 이렇게 반문한다.

"그러면 사리도 안 나오는 이까짓 나무토막 하나를 태우는데 당신은 어찌 부처님을 태운다고 그렇게 화를 내는가?"

진리는 사원 안에도 없고, 사원에서 모시는 불상 안에도 없다. 진리는 내 안에 있을 뿐 그 어떤 신도, 그리고 그 어떤 스승도 나 대신 살아줄 수도, 죽어줄 수도 없다. 돌을 아무리 갈아봐야 거울이 될 리 없고, 목불을 아무리 태워봐야 사리가 나올 리 없다. 길이 있어도 내 안에 있고, 길을 걸어도 내가 걸어야 내 길이지 나 대신 누구도 내 길을 대신 가줄 수는 없다.

가슴에 빛

○ 태양이 머리 위에 떠오르는 정오
어두운 마음을 가진 사람이라면
태양이 가슴 위에도 떠올랐으면 좋겠다.

스승들은 말한다.
"살아 있는 동안 속박을 끊지 못한다면 죽어서 어찌 자유를 맞이할 수 있겠는가?"
미래에 잘 살기 위해 오늘 불행을 참아야 할 일은 없다. 우리는 끝없는 오늘만을 살 뿐이며 미래나 과거는 생각 속에만 존재한다. 아무리 오래된 동굴이라 해도 빛은 단숨에 어둠을 몰아낸다. 태양이 머리 위에 떠오른다고만 생각하지 말라. 생의 에너지로 생동하는 사람에겐 태양이 가슴 위로도 떠오른다.

한 번뿐인 무대

○ 인생은 연극과 같다고 한다.
인생이 정말 연극과 같다면
우리는 지금 하고 있는 마음에 들지 않는 이 역할을
바꿀 수도 있지 않을까?
당신은 당신이 하고 있는 역할을 넘어선 존재다.
만약 바꿀 수 있다면 원하는 배역은 무엇인가?

그것이 연극인 줄도 모르고 사람들은 신들린 듯 연기한다. 누군가를 끈질기게 미워하는 사람들, 자기주장만이 옳다며 철저히 타인을 배척하는 사람들, 국민을 위해 일하겠다면서도 자신의 이익부터 챙겨 넣는 저 많은 정치인들… 그들은 자신이 연극에 출연하고 있다는 사실을 까맣게 모른 채 자신이 맡은 배역에 몰입한다.

인생이 연극이며 자신이 하는 행위가 모두 연기라는 사실을 깨닫게 된다면 우리는 마치 배역을 바꾸듯 스스로 삶에서 취하는 행동을 바꿀 수 있을 것이다. 슬픈 연기에 몰두한 나머지 어둡고 우울한 인생을 살고 있는 사람이 문득 자신의 그 우울한 삶이 극의 전개를 위한 연기일 뿐이라는 사실을 깨달아 배역을 바꾸게 되면 어떨까?

사람들은 대부분 인생이라는 연극 속에 자신을 소품 정도로 소모한다. 그러나 자신이 무대에 오를 수 있는 기회가 단 한 번뿐이며 그 한 번을 통해 행복한 삶을 살 수 있는 기회와 불행한 삶을 살아야 하는 기회가 갈라진다는 사실을 알게 되면 어떨까?

삶에서 우리는 수많은 배역을 번갈아 가며 맡는다. 삶에서 우리는 매번 새로운 기회를 만나기도 한다. 지혜로운 이는 우리가 지금 몰두하고 있는 이 역할이 바꿀 수 있는 배역일 뿐 절대적인 것이 아니라는 사실을 재빨리 알아차린다.

원하지 않는 배역이라면 바꿔보는 건 어떨까? 인생이라는 연극은 나 자신이 연기자인 동시에 연출자라는 장점이 있다. 내가 연출하며 내가 연기하는데 그까짓 배역 하나 못 바꿀 이유가 어디 있겠는가?

말의 식탁

○ 지혜로운 이들은 말 한마디를 하기 위해

스스로 세 번을 묻는다고 한다.

지금 내가 하려는 말이 진실한가 아닌가?

지금 이 말이 필요한가 아닌가?

내가 하고자 하는 말이 친절한 말인가 아닌가?

진실과 필요와 친절이라는 관문을 통과해야 비로소 말 한마디를 할 수 있다면 세상은 지금보다 훨씬 고요해질 것이다.

무심코 내뱉지만 우리가 하는 말은 우리가 하고 있는 생각을 담는 그릇이다. 그 그릇에 차려진 음식으로 요기하며 우리는 세상을 움직여 나간다. 우리가 세상을 향해 내뱉은 말은 그 말의 에너지에 따라 뭔가를 이루기도 하고 뭔가를 무너뜨리기도 하는 것이다.

훌륭한 음식은 훌륭한 그릇에 담기는 것이 당연하며 형편없는 음식은 형편없는 그릇에 담겨 딱 그만큼의 열량을 낸다. 진실한 생각이라는 음식은 진실한 말이라는 그릇에 담겨 첫 번째 관문을 통과한 뒤 그것이 과연 필요한 음식인지 아닌지 검색이 끝나면 필요한 말이라는 그릇에 담긴다. 두 개의 문을 통과한 음식은 주방을 빠져나와 드디어 고객이 기다리는 테이블로 향하는데, 그것을 배달하는 웨이터는 친절이라는 이름표를 달고 있다.

두 개의 검색대를 통과한 진실과 필요의 음식을 친절이라는 그릇에 담아 내밀 때 감동하지 않을 고객이 있겠는가? 이때의 고객은 물론 세상이라는 이름을 가지고 있다.

세 개의 관문을 통과한 음식을 맛본 고객은 마음을 움직여 주방장을 칭찬한다. 식당은 날로 번창하고, 지혜라는 이름을 가진 주방장의 인생은 걸리는 바 없이 뻗어나간다. 생각이라는 음식을 말이라는 그릇에 차려 진실과 필요와 친절의 문을 통해 배달한 덕이다.

뭔가가 이루어지게 하는 최초의 에너지는 생각이며 그 생각은 말을 통해 세상에 선포된다. 따라서 '말이 씨가 된다'는 격언이나 '말 한마디로 천 냥 빚을 갚는다'는 속담은 세상 돌아가는 원리를 제대로 터득한 가르침이니 마음 깊이 새겨놓는 것이 좋다.

사다리를 내려와

○ 떠올리면 가슴 답답해지는 사람이 있고,

생각만 해도 미소가 나오는 사람이 있다.

나는 어떤 사람일까? 어떤 사람이 되고 싶은가?

나 자신을 바로 알기 위해 짧게 자서전을 써본다. 그 자서전은 나는 뭐뭐… 이렇게 쓰는 게 아니라 그는 뭐뭐… 이렇게 삼인칭으로 쓴다.
나를 객관적으로 보는 기회가 많을수록 우리는 높다란 사다리로부터 내려와 바닥에 앉은 나 자신을 찾게 된다.

그날

○ 안전하게 살기 위해 돈을 벌고 명예를 좇아다니지만

인생의 안전은 그런 곳에 있지 않다.

사람들은 끊임없이 스스로에게 이런 주문을 건다.
"돈을 벌어야 한다, 유명해져야 한다, 져서는 안 된다, 승진해야 한다, 행복해야 한다, 오래 살아야 한다."
그 주문으로부터 풀려나는 날이 자유를 얻는 날이다. 그러나 대부분 사람들의 그날은 육체가 세상으로부터 작별을 고하는 날이기도 하다.
평생 안전을 찾아 좇아다녔지만 마음은 한 번도 안전한 날이 없다. 계속해서 마음을 어딘가에 묶어놓는 주문만 외웠기 때문이다.

굳은 생각들로부터의 자유

○ 대상에 대한 판단과 편견, 선입견 같은 것들이 남아 있는 한
우리는 결코 누군가와 공감할 수 없다.

살아가면서 우리는 마주치는 사건마다 '옳다', 아니면 '그르다'로 대상을 판단하고 평가한다. 어떤 대상을 향해 '그럴듯한데'라고 평하는 스스로를 돌아보면, 그 '그럴듯하다'는 판단 밑엔 평소에 품고 있던 내 생각이 배경으로 깔려 있다. 배경에 있는 그 생각과 어긋나지 않을 때 우리는 '그럴듯한데'라고 평가하는 것이다.

그러나 똑같은 생각이 내게는 그럴듯해 보이지만, 다른 어떤 이에겐 '말도 안 되는 소리'가 될 때도 있다. 서로가 가지고 있는 배경 생각이 다르기 때문이다.

마음은 우리가 순간순간 내가 내리고 있는 가정과 결론과 신념들이 뒤섞여 있는 공간이다. 마음이 순수하다는 말은 그 공간이 비어 있다는 말로써 그것은 가정과 결론과 신념들로부터 자유로운 상태를 뜻한다. 선입견이나 편견 같은 것이 없는 상태가 그것이다.

수많은 선입견과 편견, 그리고 판단과 분별심을 일으키는 생각들로 가득 차 있는 마음은 복잡하고, 그 복잡한 만큼 오염되어 있다. 마음공부란 그렇게 오염된 공간을 정화시키는 일을 가리키는 것으로써 편견이나 굳어진 생각들로부터 자유를 주는 공부다.

고통은 가장 큰 스승이다

○ 삶은 우리에게 많은 것을 보여준다.
기쁨과 슬픔과 고통이 그것이니
우리는 기쁨을 통해 위안받고
슬픔을 통해 이웃을 알게 되며
고통을 통해 더욱 성장한다.

삶이 우리에게 보여주려 애쓰는 것들은 그밖에도 많다. 지금 겪고 있는 힘든 일들은 모두 삶이 우리에게 보여주는 이정표 같은 것이다. 그 이정표를 통해 우리는 무엇을 목표로 해서 살아야 하며, 어떻게 살아야 하는지를 가늠한다.

인생의 깊은 곳에 감추어져 있는 진리를 삶은 그렇게 기쁨이나 슬픔, 그리고 고통을 통해 우리에게 보여준다. 어려움을 통해 성숙해지고, 고통을 통해 인생을 이해하게 되는 것은 그 때문이다.

지금 어려움을 겪고 있다면 얼른 마음을 바꾸는 것이 좋다. 삶이 지금 내게 보여주려는 그것, 그것의 실상을 바로 알아차리겠다고. 삶에서 우리가 겪는 희로애락, 삶에서 겪는 고통이야말로 가장 큰 스승이다.

매일의 기도는 매일의 식사보다 중요하다.

FLOWERS_1991 (20 x 22)

어떤 기도

○ 그대 손에 늘 할 일이 있기를 기원합니다.

그대 지갑에는

하나 또는 두 개의 동전이 있기를 기원합니다.

그대 유리창 위에 태양이 늘 비추기를 기원합니다.

비 온 뒤에는 언제나

무지개가 떠오르기를 기원합니다.

그대 곁에는 늘 친구의 손길이 있기를 기원합니다.

아일랜드인의 기도라는 글을 보면 그들은 크게 욕심이 없는 사람들인 것 같다. 지갑에 고액의 지폐가 아닌 동전 하나, 둘을 원할 정도니.
언제나 할 일이 있는 것도 좋은 일이며, 또 할 일이 없어 그 시간에 멀리 있는 친구 생각을 하는 것도 좋은 일이다. 지갑 속에 아무것도 없이 텅 비어 있으면 언젠가 채워질 가능성이 있어서 좋은 일이고, 지폐 몇 장이 있다면 그것 또한 쓸 곳을 생각할 수 있어 좋은 것이다.

이래도 좋고, 저래도 좋다는 사람을 일러 우리는 무골호인無骨好人이라 한다. 그러나 무골호인이 뼈가 없어 줏대 없는 사람이라 오해하진 말라. 이래도 좋고, 저래도 좋다는 그의 긍정은 치열한 부정을 거쳐온 것이기에 뼈가 있다.

지갑 속에 동전 한두 개밖에 없다 해도 그는 타인의 유리창에 언제나 태양이 비추기를 기원하고, 비 온 뒤엔 언제나 무지개가 떠오르기를 기원한다. 절대적인 긍정은 결코 뼈 없는 무골로부터 나올 수 있는 것이 아니다. 절대적인 긍정은 부정적인 시련을 이겨낸 사람이 터득한 삶의 원리이니 긍정적인 생각을 가진 사람은 언제나 긍정적인 현실을 경험한다.

찻잔에 남은 꼭 같은 양의 커피를 보고 한 사람은 반밖에 안 남았다고 투덜대고, 다른 한 사람은 아직 반이나 남았네 하며 즐거워하는 것을 보라. 당신이 경험하는 세상은 당신의 생각이 반영된 결과이니 당신은 당신의 생각대로 인생을 경험한다. 긍정적인 현실을 경험하고 싶다면 긍정적인 생각을, 부정적인 생각을 경험하고 싶다면 부정적인 생각을 하라.

맑은 샘 하나

○ 친구여, 어디 가서 나를 찾느냐.
보라, 나는 그대 옆에 있다.
나는 사원에도 없고 모스크에도 없다.
에베레스트 산정에도 없고 카바신전에도 없다.
저 거룩한 의식 속에도, 요가의 수련 속에도 나는 없다.
그대 진정한 구도자라면 지금 여기에서 나를 보리라.
지금 바로 이 순간에. -까비르

깨달은 사람이면서도 평생 베 짜는 직공으로 살았던 까비르는 진리가 사원에도 에베레스트 산정에도 없다고 한다. 거룩한 의식 속에도 요가의 수련 속에도 없는 진리는 그러나 지금 바로 내 곁에 있다고 한다. 모든 존재의 호흡 속에 진리가 있다는 것이다.
만약에 진리니 깨달음이니 하는 것들이 내 손이 닿지 않는 먼 곳에 있다면 무슨 소용이겠는가? 그것이 과거에 일어난 것이나 미래에 일어날 것이라면 그 또한 지금 여기 살고 있는 내게 무슨 소용이 있는 일인가? 그것이 아무리 대단한 것이라 하더라도 깨달음은 지금 이 순간 여기에서 일어나는 일이어야 하며 타인이 아닌 내게 일어나는 일이어야 쓸모가 있다.

반복되는 일상과 피곤한 삶에 치여 사람들은 새로운 인생을 꿈꾸며 일탈을 원한다. 그러나 먼 길을 헤매며 찾아나선 새로운 인생은 안주하는 순간 금방 헌 인생이 되고 만다. 요가를 배우고, 여행을 가고, 무릎을 꿇고 기도를 해도 우리의 삶은 좀체 달라지지 않는다. 진리는 여전히 먼 곳에 있고, 깨달음은 내게 일어나는 일이 아니라 책 속에서 만나는 구루에게서나 일어나는 일이다. 읽던 책을 덮는 순간 여전히 지치고 여전히 권태로워하며 우리는 다시 또 다른 새로운 인생을 갈망하며 목말라한다.

마음이 바뀌지 않는 한 달라지는 것은 없다. 삶의 오래된 습관, 잘못된 습관을 바꾸지 않는 한 우리의 인생은 달라지지 않는다. 까비르의 말처럼 우리가 찾는 새로운 삶은 사원에도 없고, 에베레스트 산정에도 없으며 거룩한 의식 속에도 없다.

비록 구도자가 아니라 하더라도 권태로운 일상을 넘어서기 위해 우리는 마음에 샘 하나씩이 필요하다. 마음에 샘을 파기 위해선 어떻게 해야 하나? 명상에서 그런 샘을 찾는 이도 있고 여행에서 그런 삶을 찾는 이도 있다. 사막이 아름다운 건 샘이 있어서 그런 것이라 하지만 삶이 아름다운 건 그래도 뭔가를 찾으려 하는 마음이 있어서 아름답다.

나 이대로도 괜찮다

○ 완전하거나 완벽한 사람은 일종의 환자다.
우리 모두는 다소 부족하거나 모자라는 스스로를
채워가기 위해 살아간다.
우리가 이 별에서 배워가야 할 것은 그것이다.
완전하게 보이는 사람이 가장 부족한 사람임을 알라.

완벽하다는 말은 칭찬처럼 들린다. 그러나 실제로 완벽한 사람과 함께 일하거나 살아보면 그것이 얼마나 사람을 힘들게 하는지 알게 된다. 모든 것이 완벽하게 정리 정돈된 공간에 가면 가만히 앉아 있는 것조차 힘겹게 느껴질 때가 있다.
완벽하게 보이는 모든 것 속엔 불완전함을 향한 저항이 숨어 있다. 참으로 완벽한 것은 사람을 편안하게 하는 것이며 물 흐르듯 자연스러운 것이다. 자연스럽지 못한 완벽은 하나의 질병이니 지금 있는 그대로의 내 모습이 좋다는 것을 알자. 완벽하려고 스트레스 받는 친구에게 말해 보자. “너 이대로도 괜찮아.”

용서의 기술

○ 어떻게 용서해야 좋을지
용서하는 법을 배워야 할 필요는 없다.
용서하고자 하는 마음만 있으면 된다.
나머지는 우주가 알아서 해줄 것이다.

용서에 무슨 기술이 필요하겠는가? 용서란 마음의 문제이지 기술의 문제가 아니다. 우리의 마음이 일으키는 에너지는 보이지 않지만 상대에게 전달된다.

마음의 에너지는 빛보다 빠르다고 한다. 누군가를 용서하겠다는 마음을 일으키는 순간 용서는 이미 완성된 것이나 다름없다. 용서하는 법이 어디 따로 있으며 용서하는 기술이 뭐 필요하겠는가? 마음으로 이미 용서했다는 말은 그런 뜻이다.

빛보다 빠른 마음의 에너지를 상대에게 보냈으니 그 에너지에 우주는 반응할 것이다. 설령 그것이 조금 시간이 걸린다 하더라도 용서했다는 사실을 상대 역시 느끼게 될 것이다. 그러니 용서하기에 조급할 필요는 없다. 용서하는 법이 따로 있는 것도 아니며 그저 용서하겠다는 마음을 일으키기만 하면 나머지는 우주가 알아서 해줄 것이다.

내 안의 거인을 깨우는 일

○ 삶에는 결코 피할 수 없는 한 가지 의무가 있다.
기도의 의무다.
기도를 통해 보이지 않는 존재, 영원한 존재를
일상생활에서 인식하는 것이다.
매일의 기도는 매일의 식사보다 중요하다.

아메리카 인디언들의 글은 영성적이다. 기도가 밥 먹는 것보다 중요하다는 말은 참으로 대단하다.
기도를 통해 보이지 않는 존재, 영원한 존재를 일상생활 속에서 인식한다는 인디언들은 일상적인 삶 속에서도 언제나 자신의 내면을 지켜봤던 모양이다. 이런 삶이 어찌 영성적이지 않을 수 있겠는가?

기도는 내면의 존재, 내 안에 있는 어떤 힘과 연결되어 있다. 그래서 티베트 사람들은 기도를 내면의 힘을 불러내는 일이라고 했다. 마치 아라비안나이트에 나오는 램프 속 거인처럼 우리의 내면에도 거대한 힘이 숨어 있어 우리가 원하는 것들을 이루어지게 하는 것이니 거인을 불러내는 주문이 바로 기도다.
위기와 부딪칠 때, 또는 고통스러운 삶의 고비에 설 때마다 우리는 램프 속 거인을 불러내기 위해 기도에 매달린다. 그러나 번번이 나타나 우리를 구했던 거인이 사라지고 나면 우린 그의 존재를 까맣게 잊어버리고 만다.

인디언들이 매일의 식사보다 더 중요하게 여긴 기도를 우리는 언제 다시 할 것인가? 비록 위기가 아니라 해도 우리의 내면에 들어 있는 거인은 우리의 삶에 힘과 균형을 가져다주는 알라딘의 램프 같은 것이다. 내 안에 마술램프가 있는데 두려울 것이 뭐 있겠는가? 기도는 내면의 힘을 불러내는 일이라는 티베트인들의 말을 잊지 말고 기억하자. 그대 안에 거대한 힘을 가진 거인이 있다. 세상이 험하다 한들 겁낼 것이 뭐 있겠는가?

그것뿐이다

○ 산속에서 스승과 제자가 대화한다.

"진리가 무엇인지 알고 싶다고 했느냐?"

"네 스승이시여, 알기 쉽게 한마디로 가르쳐주십시오."

"하늘에 반짝이는 저 별이 보이느냐?"

"네."

"그럼 저 아래 개 짖는 소리는 들리느냐?"

"네."

"허공을 울리는 말소리도 들리느냐?"

"네."

"그것뿐이다. 단지 그것뿐이다."

진리를 어찌 한마디로 요약할 수 있을까? 그러나 마음 心 하나에 모든 것이 축약되듯 진리는 수많은 해설과 주석이 필요 없는 것일지 모른다. 오랫동안 우리는 가정과 학교와 사회에서 늘 스스로 의미를 만들기보다 문제의 의미가 뭔지를 찾아내어 그것이 정답인지 아닌지를 가려내는 훈련에 길들어 왔다.

만약에 교사가 백지 한 장을 던져주며 "오늘 시험 문제는 여기 이 텅 빈 백지에 마음대로 써보는 것이다"라고 말한다면 어떻게 할 것인가? 정답을 찾는 습관에 길든 사람들은 백지에 뭘 써넣어야 할지 고민에 고민을 거듭할 것이다.
진리니 깨달음이니 하는 것이 도대체 무엇인지 형체도 없는 그것을 스승인들 어떻게 설명할 수 있겠는가?
'아무것도 깨달을 것이 없다는 그 사실을 깨닫는 것이 곧 깨달음'이라고 한다. 우리가 좋아하는 논리의 틀로는 잡을 수 없는 그것은 인간이 만들어놓은 정답 속에 있지 않다.
스승은 다만 보이는 별과 들리는 소리를 통해 설명되지 않는 그것들을 오감으로 느끼게 했다. 우리가 신이라고 부르거나 깨달음이라고 부르는 그것은 밤하늘의 별이나, 산 아래 개 짖는 소리처럼 말이나 글로써 표현되지 않는 어떤 것이다. 그것은 논리의 저 너머에 있는, 그래서 정답이 없는 어떤 것이다.

치명적인 존재를 피하는 다섯 가지 방법

1. 외모에 홀리지 말라.
2. 긴가 민가 의심스러울 땐 마음을 접어라.
3. 냉정한 유형은 피하라.
4. 약속에 잘 늦는 사람은 믿지 말라.
5. 문자를 씹는 사람은 마음도 씹는다는 걸 명심하라.

이기심으로 똘똘 뭉쳐 있는 한 우린 모두 치명적일 수 있다. 남녀관계에선 더욱 그렇다. 타인의 사랑을 이용해 자신의 이기심을 충족시키는 사람과는 가차없이 인간관계를 청산해야 한다. 존재에 대한 외경심, 상대의 우주에 대한 배려가 없는 사람은 사귀지 않는 것이 좋다.
스스로에게 물어보라. 상대가 변화할 수 있도록 기다릴 수 있는가? 상대를 존중하는 마음이 나의 이기심을 앞서 갈 수 있는가? 그것이 되지 않는다면 아직 온전한 사랑이라 부를 수 없다.

곧 볕이 든다

○ 날이 궂었다고 해서 항상 궂어 있는 줄 알고, 볕이 든다 해서 항상 개어 있기만 한 줄로 아는 것은 어리석음이다. 궂었다가도 곧 볕이 든다. 놓고 가면 그뿐이다. 안 되는 것도 믿고 놓고, 되는 것은 감사하게 놓아라. 안 되는 일도 되는 일도 다 놓아버린다면 안 되는 일은 없다.

모든 것이 변하는 우주의 원리를 일러 우리는 무상無常이라고 부른다. 한때의 꽃도 시들기 마련이고, 한때의 젊음도 늙고 병들고 시들어가기 마련이다. 그러나 늙고 병드는 그 순환의 원리 속에 들어서는 순간 사람들은 깜깜한 어둠 속에 혼자 버려진 듯, 나만이 늙고 병들고 시들어가기라도 하듯 늙음에 저항하고 병들어감에 저항한다.
그러나 모든 것이 순간순간 변한다는 무상의 진리를 잊어버리고 늙음을 한탄하는 동안 인생은 더 빨리 속도를 내어 종착역으로 가고 만다. 그러나 변화하는 그 현상을 받아들이며 그것을 공부의 계기로 삼을 때 늙음과 병듦은 자연의 이치이며 순환의 원리라는 사실을 알아차리게 된다. 바위도 닳아 모래알이 되고 무쇠덩어리도 녹슬어 고철이 되듯이 세상에 한결같은 것은 아무것도 없으며, 지상에 변하지 않는 것이 있다면 오직 하나 '모든 것은 변한다'는 그 진리 하나뿐이다.

각자의 진실

○ 밤하늘의 별이 각각 서로 다른 거리에 있는 것처럼
진실 또한 각자의 진실이 다르다.
밤하늘의 별이 각각 다른 크기로 빛나는 것처럼
진실 또한 각자의 크기가 다르다.
별과 별 사이엔 어둠이 있고
밤하늘은 그 어둠으로 별을 빛나게 한다.

별과 별 사이에 있는 암흑의 공간을 우리는 밤하늘이라고 부른다. 공기 청정한 산중에서 바라보는 밤하늘은 별이 하도 많아 별과 별 사이로 겨우 하늘을 볼 수 있다.

별만큼이나 많은 인간 세상의 진실. 그 진실과 진실 사이에는 무엇이 있는 걸까? 밤과 낮, 그리고 기쁨과 고통처럼 서로 대립적인 위치에 있는 것들 사이엔 또 뭐가 있는 걸까?

양극단에 서서 반대편 극을 비난하는 사람들은 극과 극 사이엔 아무것도 없는 것처럼 행동한다. 그들의 그런 생각은 내 생각과 다른 타인의 생각, 내 모습과 다른 타인의 모습을 무조건 배척한다. 당연히 내 생각이 옳다고 확신하며 고집부리면서도 그 고집이 실제적인 사실인 팩트에 근거한 것인지 아닌지는 상관도 하지 않는다.

'그냥 감이 그런 것 같아. 내 감이 맞을 거야' 하며 실제적인 사실을 부인하거나 사실에 기초한 어떤 이야기를 아예 들으려 하지도 않는 것이 극단에 선 사람들의 행태다. 그러나 현악기의 현絃도 너무 팽팽한 줄은 끊어지기 쉽고, 너무 느슨한 줄은 제대로 소리를 내지 못한다.

우리는 대부분 진실은 유일한 것이라고 믿는다. 그러나 삶이 우리에게 가르치는 역설은 슬픔이 있으면 기쁨이 있고, 낮이 있으면 밤 또한 있으니 낮이 옳다고 주장하는 것도 밤이 옳다고 주장하는 것도 극단에 치우친 어리석음 때문이라는 것이다. 그래서 붓다는 중도를 역설했다. 붓다의 중도가 바로 팽팽해서 끊어지기 쉬운 줄과 너무 느슨해 제대로 소리를 내지 못하는 줄을 적당히 조이고 적당히 풀어서 아름다운 소리를 내게 만든 줄이다. 그것은 팽팽함과 느슨함을 배격하는 줄이 아니라 그 둘을 조화롭게 품어 안은 줄이다.

밤하늘에 수많은 별이 있듯 진실 또한 각자의 진실이 달리 있다. 세상에는 수많은 다양한 사람들이 살고, 그 다양함만큼 각자의 진실 또한 다양할 수밖에 없다. 어느 것 하나 혼자서 존재하는 것이 아니라 이것은 저것에 기대어 존재하고, 저것은 또 이것에 기대어 존재한다는 사실을 온전히 이해할 때 사람들은 양극단 사이에 존재하는 중도적 진실들을 이해하게 될 것이다.

명마와 나

○ 세상에서 가장 당신을 모르는 사람은

다름 아닌 당신입니다.

세상에서 가장 당신과 멀리 있는 사람도

어쩌면 다름 아닌 당신일지 모릅니다.

중국의 백락이란 이는 천리마를 골라내는 재능을 가지고 있었다. 어떤 명마도 백락의 눈에 띄지 않으면 제 실력을 발휘할 수 없었다. 사람 또한 마찬가지다. 뛰어난 명마가 될 수 있는 우리는 단지 백락을 만나지 못했을 뿐이다. 당신의 재능을 스스로 찾아내어 당신이 먼저 인정해보라. 당신이 바로 백락이다.

내가 네 곁에 없다 해도

○ 내가 네 곁에 없을 때
너 슬퍼할 걸 생각한다.
아무것도 가져갈 수 없어
다 남기고 간다 해도
사람 하나 없는 걸로 그 모든 것 비어버린
우리가
삶이라 부르던 허공 떠올리며
허공이 세워놓은 세상의 뼈와
허공이 흘려놓은 세상의 눈물 하나
손 대신 마음이 나가 어루만진다.

집 안에 있던 난초가 한꺼번에 다 폈다.
꽃이 한꺼번에 만발했으니 좋은 일이 생기겠지 했는데 무슨 소리. 가족에게 병이 찾아왔다.
고통스러운 일이다. 그러나 그 고통이 꽃 피듯 선물이 될 날이 오리라 마음을 돌린다. 큰 기쁨이 있기 위해선 얼마간의 고통이 먼저 소식을 전하는 법, 빛은 언제나 어둠으로부터 나오는 법, 아무리 긴 터널이라 해도 끝은 있으며 어둠을 지나 맞이하는 빛은 더욱 환하다.

GATE 2_1995 (34 x 27.5)

그가 어디 갔는지, 뭘 먹기나 한 건지, 아프진 않은지

걱정을 하는 것이 사랑이다.

사람의 향기

○ 그는 불운했다.
그의 불운이 그의 행운이네.
그는 가난했다.
그의 가난이 그의 풍요이네.
모든 겉핍이 텅 비게 하니
더 잃을 것 없어
더 채울 것 없네.

역설적인 행운이며 풍요다. 가진 것 없으니 잃을 것 없어 풍요롭고, 아무것도 없으니 채울 일만 있어 행운이다.

사람의 향기는 대체로 채워진 상태보다 비워진 상태에서 더 진하다. 빛깔과 맛을 보면 과일이 익었는지를 알 수 있고, 소리를 들어보면 강물의 깊이를 알 수 있듯 사람의 됨됨이는 아는 것과 행동하는 것이 일치하는지 아닌지를 보면 알 수 있다.

남들이 볼 수 없는 것을 보고, 남들이 해낼 수 없는 일을 해낸다 해도 이기적인 마음을 낸다면 그 사람의 됨됨이는 덜 익어 먹을 수 없는 과일이나 다름없다.

설익은 과일이 배탈을 불러오듯 익지 않은 사람 또한 인간관계에 불협화음을 낸다.

과일이 익기 위해 물과 바람과 햇빛이 필요하듯 사람도 제대로 익기 위해선 필요한 것들이 있다. 얼마나 향기 나는 사람이 될지는 결코 그 사람이 가지고 있는 학벌이나 재산, 명예 같은 것들로 결정되는 것이 아니다. 오히려 그것들을 얼마나 버릴 수 있는지로 결정되는 것이 사람의 향기다.

물질로부터 얼마나 자유로울 수 있는지, 그리고 얼마나 명예와 자기 자랑으로부터 자유로울 수 있는지, 그리고 또 분노나 시기심으로부터 얼마나 벗어나 있는지, 인간이라는 과일을 익게 하는 조건은 대개 무소유의 정신과 관련이 있다.

갑옷 벗기

○ 욕심을 선택하지 않고 욕심을 버리는 길을 선택하고
증오를 선택하지 않고 증오를 버리는 길을 선택하고
갑옷을 입는 것이 아니라 갑옷을 벗는 것을 선택하며
잘못을 저지르는 것이 아니라 잘못에서 벗어나기를 선택할 때
우리는 참된 자신을 발견하게 됩니다.

내가 '나'라고 믿고 있는 나의 성격. 그것은 내가 아니라 내가 입고 있는 갑옷이다. 못된 내 이 성질머리는 내가 생존하기 위해 입고 있는 갑옷이다. 나도 모르는 사이에 나는 갑옷을 입고 살았던 것이다.
전쟁터도 아닌 이곳에서 이제 무거운 철갑은 벗어놓는 것이 좋겠다. 그것이 갑옷이라는 사실을 알아차리는 순간 나는 지금까지 나를 구속하던 이 무거운 삶이 벗어버리지 못한 철갑 때문이라는 사실을 깨닫는다. 내가 '나'라고 믿는 이 못된 성격은 결코 내가 아닌, 내가 입고 있는 옷일 뿐 마음을 바꾸면 나는 그것을 벗어버릴 수 있다.

풀에게 배우는 것들

> ○ 누구한테서도 배우려 하지 않는 사람은
> 어리석은 사람입니다.
> 보통 사람은 지위가 높은 사람,
> 부자나 유명한 사람에게 배웁니다.
> 탁월한 사람은 자기보다 어린 사람이나
> 지위가 낮은 사람에게서도 배웁니다. -인드라 초한

살펴보면 인생은 끝없는 학습의 공간이다. 돌 틈을 비집고 자라난 풀 한 포기에도 배울 것이 있고, 마치 줄자라도 들고 있듯 바닥을 기는 자벌레 한 마리에게도 배울 것은 있다. 배우고, 배우고, 또 배워도 여전히 인생은 배울 것이 남아 있다.

그러나 마음공부를 배울 수 있는 곳은 많지 않다. 마음공부를 교과 과정에 넣어둔 학교도 없다. 우리가 살고 있는 이 별에선 부자나 유명한 사람에겐 앞다투어 배우려 하지만 지위가 낮거나 어린 학생들에게 배우려는 사람은 없다. 하지만 탁월한 사람은 자기보다 어린 사람이나 지위가 낮은 사람에게서도 배운다는 사실을 잊지 말라. 그들의 탁월함은 그 배움 속에서 비롯된다.

상처라는 꼬리표

○ 한마디 말에 상처받고
한마디 말에 문 닫아건다 해도
마음은 희망을 먹고 산다.
꽃 만진 자리에 향기가 남아 있듯
묻어 있는 아픈 흔적 지우기 위해
지금은 조금 더 위로가 필요할 때.

어떤 이는 그냥 넘어가는 일에도 또 다른 어떤 이는 상처받았다고 말한다. '상처'라는 꼬리표를 붙이는 순간 멀쩡한 일도 다 아프고, 슬프고, 분하고, 억울한 일이 된다. 모든 일에 상처라는 꼬리표를 다는 그 순간 사람은 뒤로 숨고, 상처가 말하고 상처가 숨 쉰다. 상처에 의해 해석되는 세상은 부정적이다.
사람에 대한 평가 또한 마찬가지라 꼬리표를 다는 순간 사람은 뒤로 숨고, 꼬리표가 말하고 꼬리표가 평가한다. 비굴한 사람, 엉큼한 사람, 똑똑한 사람, 못난 사람, 꼬리표의 종류는 가지가지다. 그러나 상처가 우리의 참 모습이 아니듯 꼬리표도 우리의 참 모습이 아니다.
상처의 꼬리표를 떼내고 우리를 위로하는 일은 그다지 큰 노력이 필요한 건 아니다. 상처받은 누군가가 있다면 가만히 곁에 앉아 그가 하는 이야기를 들어주기만 하라. 그 나머지는 그 사람의 내면이 알아서 한다.

후회

○ 살아가다 한 번씩 생각나는 사람도 있다.
그땐 왜 그랬을까? 하고 뒤늦은 후회를 해보지만
세월은 이미 달아나고 없다.

후회 없이 살자. 그렇게 사는 길은 깨어 있는 삶을 사는 것이다. 깨어 있다는 말은 감정에 반응하지 않는다는 말이다. 올라오는 감정에 일일이 반응하다 보면 우리의 하루는 짜증과 분노로 일그러지고 말 것이다. 인생에서 우리는 수많은 하루를 겪는다. 그러나 언제나 하루는 한 번뿐이다. 후회를 되돌려놓기에 하루는 너무 빠르고 인생은 너무 짧다.

누구나 혼자이지 않은 사람은 없다

○ 믿었던 사람의 등을 보거나

사랑하는 이의 무관심에

다친 마음 펴지지 않을 때

섭섭함 버리고 이 말을 생각해보라.

누구나 혼자이지 않은 사람은 없다.

누군가를 진심으로 사랑하기 위해선 그 사람의 등을 볼 수 있어야 한다. 매달리는 사랑이 아니라 담담히 바라볼 수 있는 사랑을 하기 위해선 만나고 헤어짐에 연연하지 말아야 한다. 그래야 상처받지 않는다. 그러기 위해서 우리는 사랑의 기술을 배워야 한다. 누군가와 교감하기 위해선 그가 사용하는 삶의 암호를 해독할 기술이 필요한 법이다. 같은 말을 쓰지만 우리는 각자의 언어가 있으며 그 언어를 해독하는 기술을 터득해야 제대로 사랑할 수 있다.

주는 법을 모르는 사람은 받을 줄도 모른다. 그런 이가 사랑을 통해 행복해지긴 어렵다. 사랑엔 주고받는 기술이 필요하며 초보자는 그 기술을 배워야 한다. 그러나 문제는 몇 번을 해도 사랑에 빠지는 순간 다 초보자가 되니 제대로 배울 수가 없다는 점이다.

그러나 다친다 해도 사랑해보지 않은 것보다 다치는 게 백번 낫다. 가슴 절절한 사랑을 해보지 않은 사람은 인생의 소중한 보물 하나를 잃어버린 것 같으니 그것은 마치 향기 없는 와인을 마시는 것과 같다.
사랑을 받기보다 사랑을 주기가 얼마나 더 힘들고 위대한 일인지 깨닫지 못하는 한 당신은 인생의 초보자다.
사랑받지 못하더라도 사랑을 주자. 손해 보는 것처럼 보여도 그것이 작은 나를 커다랗게 확장시키는 길이다. 사랑에 크게 실패한 사람이 인생에 대해 부쩍 성장하는 것은 그 때문이다. 받기보다 주기에 익숙한 사람이 세상을 바꾸며, 더 크게 자신의 삶을 확장시킨다.

바다를 건너는 법

○ 인생의 바다를 건너는 법에 대해 들어본 적, 있는가?

누구한테 물어도 답이 없다. 그건 또 왜 그런가? 실제로 답이 내 안에 있기 때문이다. 적어도 내 인생의 문제에 있어서는 내가 주인이며 내가 모든 문제의 최종 결정권자임을 우리는 종종 잊어버리고 산다.
그렇게 내가 주인임을 망각한 채 우리는 답을 줄 수 있는 스승을 찾아 헤맨다. 그러나 설령 스승으로부터 답을 얻었다 해도 인생의 주인이 아닌 우리는 그 답을 내 것으로 만들지 못해 다시 헤매기 시작한다.
당신의 멘토 또한 멘토를 필요로 한다. 우리는 모두 스승이면서 제자이고, 가르치면서 배우는 것이다.
지상에 존재하는 어떤 이도 절대적인 존재는 아니다. 그러니 멘토를 너무 믿지 말라. 당신이 믿는 멘토는 뜻밖에 멘토가 아닐 수도 있다. 가장 중요한 일은 나 자신을 넘는 일이며, 가장 어려운 일도 내가 나 자신을 넘어서는 일이다.
멘토는 단지 당신의 길을 안내하는 등대 역할을 할 뿐이니 등대를 타고 바다를 건너갈 수 있다고 생각하지 말라. 모든 것은 결국은 내가 결정해야 한다. 너무 많은 멘토를 가진 사람이나 멘토의 조언에 너무 의존하는 사람은 혼자서 결정하는 법을 잊어버린다. 실패를 맛본다 하더라도 우리는 스스로 결정하고 책임지는 법을 배워야 한다.

돈과 나

○ 돈을 원한다면 돈을 소중하게 초대하라.

나보다 앞서 가는 동료를 시기하기보다 그를 칭찬하고 능력을 인정하는 태도를 취하는 순간 나 역시 빛을 발한다. 칭찬의 에너지는 자신도 칭찬받을 일을 끌어당기기 때문이다.

돈 또한 마찬가지다. 돈을 벌기 원한다면 먼저 돈을 소중하게 대접해야 한다. 돈은 에너지이니 그것을 내 쪽으로 끌어오기 위해선 먼저 돈이 나를 좋아하도록 만들어야 한다. 누구나 친절한 사람에게 끌리듯이 돈 역시 친절한 쪽으로 끌려간다.

돈을 원하면서도 돈을 천한 것이라 여기는 사람들은 돈에 대해 이중 감정을 가지고 있다. 원하면서도 내친다는 것이다. 내치는 돈이 끌려올 리가 있겠는가? 돈을 필요로 하면서도 돈 가진 사람을 욕하는 심리 같은 것이 그것이다.

분명한 사실은 돈을 소중하게 여기지 않는 한 돈은 오지 않는다는 것이다. 돈이라는 에너지는 끌어당기는 사람에게 가기 때문이다. 돈 없고 명예 없는 사람을 성공한 사람이라 부르는 이는 없다. 그러나 참된 성취를 이룬 사람은 자신의 마음을 걸림 없이 조절할 수 있는 사람이다. 그럴 때의 성취는 결코 돈이나 명예로 살 수 없는 것이다.

모든 것은 다 지나간다

○ 상처가 있다면 그 상처가
나 아닌 다른 이를 다치도록 놓아두지 마십시오.
상처이면서 당신은 사랑이며
우리는 단지 흔적으로도 남지 못하는
순간을 살다 이곳을 떠납니다.

고통스러운 현실의 구성 요소는 고통을 주는 상황과 그 상황이 싫다고 느끼는 나의 저항으로 이루어져 있다.

예를 들어, 누군가에게 주먹으로 얻어맞았을 때, 파스를 붙이고 약을 바른다 해도 물리적인 통증은 피할 길이 없다. 그러나 주먹을 휘두른 상대에 대해 일어나는 분노는 그것과는 다르다.

일어나는 분노는 의지에 의해 조금 조절할 수 있다. 이런 경우 고통스러운 현실의 구성 요소는 통증과 상대에 대한 분노, 이 두 가지로 구성된다고 볼 수 있다. 그 두 가지 중 하나인 분노가 바로 저항인 것이다.

마주친 상황은 바꿀 수 없다 해도 거기에 대한 저항은 생각을 바꿈으로 줄이거나 없앨 수가 있다. 우리는 누구나 고통은 피하려 하고 기쁨은 누리려 한다. 그러나 현실은 그런 우리의 사정을 봐주지 않는다.

어쩔 수 없이 받아야 하는 것이라면 아픔의 크기를 줄일 수 있는 길을 찾는 것이 현명하다. 고통에 대한 생각에 변화를 주면 그것을 줄이는 길 또한 조금씩 보이기 시작한다.

어쩔 수 없는 덩어리인 고통, 그것은 그대로 두되 그것이 싫다고 강력하게 내동댕이치려 하는 나의 저항심을 조금 줄여보자. 고통에도 무슨 의미가 있겠지, 하며 일어난 사건에 대한 의미를 찾아보거나, 모든 것은 다 지나간다, 하며 고통의 끝을 상상하는 것도 한 방법이다.

슬픔도, 고통도, 기쁨도, 즐거움도 다 지나간다. 모든 것은 다 지나간다. 그러나 지나가는 과정에서 겪어야 할 괴로움을 최소화하기 위해선 비관적인 생각보다 낙관적인 생각에 물을 더 많이 주는 삶을 살아야 한다. 평소 다져온 낙관적인 생각은 닥쳐온 어려움을 이겨나가는 유용한 힘이 된다.

그가 내게로 들어왔다

○ 그가 내게로 들어왔다.
내 안에 있던 그는 다시 내 밖으로 걸어 나간다.
그가 내 안에 머물러 있던 그 시간을
사랑이라 부른다.
사랑은 시간이 머무는 공간이다.
사람들이 그 속에서 숨 쉰다.

사랑 속에서 우린 크게 호흡한다. 그러나 사랑은 짧은 시간 기쁨이지만 더 많은 시간 고통이기 쉽다. 상대를 존재 상태로 두려 하지 않고 소유하려 하기 때문이다. 사랑이라 믿었던 것이 사랑이 아니라는 사실을 사람들은 감정의 물결이 지나간 뒤 깨닫는다.

내 안에 있던 그가 다시 내 밖으로 걸어 나가기까지 걸리는 그 시간, 그 시간 동안 사람들은 성숙한다. 그러나 어디서 어디까지가 안이며 어디서 어디까지가 밖이라 할 것인가?

사실은 내 안으로 걸어 들어온 사람도 없으며, 내 밖으로 걸어 나간 사람도 없다. 움직인 건 마음뿐. 마음은 그렇게 무엇과 무엇의 경계 가르기를 좋아한다. 상처 또한 마찬가지다. 상처라 믿었던 것이 성장이라는 사실을 깨닫는 순간 우리는 아픔에서 벗어난다. 어디서 어디까지가 상처이며 어디서 어디까지가 성장인가? 상처에도 향기가 있다.

등대

○ 이 별에 그대가 있어
생이 아름답듯
이 별에 그대가 있어
숨 쉴 수 있듯
이 별에 그대가 있어
빛나는 별이 되듯

우리는 누군가를 등대 삼아 세상이란 바다를 건너간다. 비바람 몰아치는 깜깜한 바다에서 찾아낸 등대의 불빛은 얼마나 반가울까? 인생에서도 우린 그렇게 등대를 발견하고 싶은 간절한 마음이 있다.

그러나 등대만으로 바다를 건너갈 수 없듯 누구도 당신을 흡족하게 도울 순 없다. 설령 그렇게 도왔다 하더라도 당신의 에고는 늘 부족을 느낀다. 자기가 일어설 수 있도록 돕는 결정적인 존재는 자기 자신이다.

도움에 감사하되 몽땅 의지하려 하진 말자. 인간 세상에서 몽땅이란 좀체 일어나지 않는 사건이다.

제자리로 돌아가기

○ 비록 아무도 나를 이해하지 못해도

나는 나를 사랑한다.

비록 무능하고 나약해도

나는 나를 사랑한다.

비록 인정받지 못해도

나는 이대로의 나를 사랑하고 받아들인다.

혹시 나는 그다지 잘난 사람이 못 된다는 생각이 있는가? 그렇다면 얼른 그 생각을 벗어던지는 것이 어떨까? 그렇다고 잘난 척하라는 말이 아니다. 못났다는 그 생각이 스스로를 한정지어 주눅 들게 하지 말란 뜻이다.

유명하거나 대단하다는 사람도 만나서 겪어보면 실망할 때가 많다. 참으로 대단한 사람은 자신과 싸워 이긴 사람이니 스스로 못났다고 여기는 한계를 벗는 순간 우리도 대단한 사람이 된다.

한계를 아래로만 생각하지 말자.

예컨대 돈이 너무 많은 것도 한계다. 대개의 사람들이 살아가는 궁핍한 현실을 그는 경험할 수 없으니까. 공주의 삶은 안락하지만 경험할 것이 부족해 인생이란 학교에서 그다지 배워갈 것이 많지 않다.

못난 건 당신이 아니라 '나 못났다'라는 그 마음이다. 마음이 못났을 뿐 당신이 못난 것은 결코 아니다. 스스로 못났다고 생각하는 그 마음을 지우자. 지우는 방법 하나를 소개한다.

"어디가 못난 것인지 백지 위에 적어봅니다. 머리로 생각하는 것이 아니라 반드시 펜으로 적어야 합니다. 컴퓨터로 적는 것보다 펜으로 적는 것이 더 효과적입니다. 자신의 못난 점을 조목조목 찾아서 다 적습니다. 그리고 그것이 사실인지 아닌지를 스스로 밝혀야 합니다. 만약에 적어놓은 못난 점이 사실이라면 그 사실을 증명할 근거가 뭔지도 밝혀야 합니다. 그 근거가 타당성이 있는지 없는지 꼼꼼하게 판단해보세요. 끈기 있게 하다 보면 깨달음이 옵니다."

비운다는 말은 어딘가에 매달려 있는 마음을 쉰다는 말이다.

BIRD AND COSMOS_1987 (27 x 34)

상처를 향해

○ 누가 내게 상처를 주도록 허용하지 말라.
머물고 싶어 하는 상처를 향해
이것은 내 것이 아니다, 라고 선언하라.
주는 선물을 거절하듯 상처 또한
내 안에 들여놓길 거절하라.

노예는 자신을 부리는 주인의 명령에 따를 수밖에 없다. 만약 내가 내 인생의 주인이 아니라 노예라면 나 또한 인생이 명령하는 대로 따라갈 수밖에 없다.
노예의 삶이 어찌 행복할 수 있겠는가? 주인의 명령을 따르느라 모든 것을 수동적으로 하며 사는 노예는 죽지 못해 상처뿐인 삶을 연명한다. 내가 내 인생의 주인이 된다는 것은 모든 일의 근원이 나라는 사실을 받아들여 내가 결정하고 그에 따르는 책임을 내가 진다는 말이다.
상처받지 않으려면 노예가 아닌 주인으로 살아야 한다. 불청객을 내보내듯 마음에 들어오는 상처 또한 내보내는 것은 주인이 할 수 있다. 내 안에 상처가 자라도록 허용하지 말자.

혼자 있어도 괜찮아

○ 괜찮아. 조금 느려도 괜찮아.

괜찮아. 혼자 있어도 괜찮아.

아무것도 더 할 수 있는 것이 없을 때,

세상과 연결된 나를 찾을 수 없어 좌절에 빠졌을 때,

그럴 때도 괜찮다. 드디어 내면의 나를 만날 때이니….

사랑하려 한다

○ 사랑에 대한 말들은 때로 우리를 긴장시킵니다.
우리 모두는 사랑에 상처받은 경험이 있기 때문입니다.
그러나 우리를 상처 나게 했던 건 사랑이 아니라 사람입니다.
예습하지 않은 인간관계가 우리를 아프게 했던 것입니다.

당신을 사랑한다는 말은 정확하게 말하면 '이제 당신을 사랑하려고 한다'인 경우가 많다. 사랑이 깨어지는 많은 이유는 '당신을 사랑한다'와 '당신을 사랑하려고 한다'라는 그 두 가지 상태를 혼동하기 때문이다. '사랑한다'는 상태는 깨어질 수 있는 많은 요소들을 극복한 뒤 사랑이 무르익은 상태를 뜻하는 말이다. 반면에 '사랑하려 한다'는 상태는 아직 극복해야 할 일이 많이 남아 있는 상태를 가리키는 말로써 사랑하려 하는데 뜻대로 안 될 수도 있고, 사랑하려 하는데 장애물을 만날 수도 있다는 것이다. 그런데도 사람들은 종종 '사랑한다'는 말을 '사랑하려 한다'는 말 대신으로 사용하다 혼선을 빚는다.

사랑은 어느 날 허공에서 뚝 떨어지는 기적 같은 것이 아니다. 뚝 떨어진다는 말은 사랑하려고 작정하고 있던 나의 기준에 적합한 존재가 어느날 눈앞에 나타났다는 말이다. 사랑은 나의 내면에 있는 것이며 느닷없이 어디에서 나타나는 것이 아니다. 알고 보면 우리는 언제나 사랑하려고 작정하고 있는 것이다.

사랑은 태어날 때부터 가지고 있는 능력과 같은 것이라서 내 안에 이미 갖춰져 있는 어떤 것이다. 따라서 그것은 늘어나거나 줄어드는 것도 아니며 깨어지거나 사라지는 것도 아니다. 내 안에 원래 있던 것들이 어찌 사라지거나 깨어질 수가 있겠는가?

사랑 또한 내 마음이 일으키는 하나의 창조다. 그 창조의 대상으로 우리는 누군가를 선택하여 그것을 사랑이라 부르며 교감을 시작하는 것이다. '사랑하려 한다'는 말이 '사랑한다'는 말로 깊어지기 위해서는 상대의 상처나 상대의 결점마저 껴안을 수 있어야 한다. 장애물을 넘어 온전히 상대를 포옹하게 될 때 비로소 '사랑하려 한다'는 상태는 '사랑한다'는 상태에 이르게 되는 것이다.

그러나 때로는 여기까지가 인연이구나 하고 마음을 접어야 할 상대도 있다. 인연에도 유효거리가 있는 것이다. 유효거리가 모자라거나 유효거리를 넘어버린 관계를 이어가는 일은 무의미하다. 수많은 사람들이 그런 유효거리를 잘못 계산해 괴로움에 빠지고 파탄에 이른다.

내면에 존재하는 사랑을 구현할 수 있는 대상을 이 생에서 만날 수 있다면 행운이다. 행운의 특성이 그러하듯 그러나 모든 사람이 그런 행운을 누리는 건 아니다. 설령 못 만난다 하더라도 좌절할 이유는 없다. 내 안의 사랑은 깨어지거나 잃어버릴 수 있는 것이 아니니까.

참으로 정직한 사람

○ 스스로 정직하다고 생각하면 자신이 얼마나
자기를 바꿀 수 있는지 돌아보라.
스스로 정직하다고 생각하면 자신이 얼마나
타인의 입장을 수용할 수 있는지 돌아보라.

정직한 사람은 끊임없이 자기를 바꾸려고 노력한다. 진실이란 자신이 믿는 것만이 유일한 것이 아니며 각자가 믿는 진실이 다를 수 있다는 것을 알고 있기 때문이다.
따라서 정직한 사람은 필연적으로 진보적이며, 변화가 두려운 사람은 당연히 보수적일 수밖에 없다. 그러나 보수니 진보니 하는 말장난에 속아서는 안 된다. 껍데기가 진보지만 부단히 자기를 바꾸려 노력하지 않는 사람은 진보가 아니라 보수이며 참으로 진보인 사람은 오직 정직한 사람 하나뿐이다.

내 인생의 연기력

○ 치유란 몽땅 받아들이며 몽땅 내려놓는 일이다.

사랑도 마찬가지다.

통째로 받아들이고 통째로 내려놓는다는 의미에서 그 둘은 같다.

진정한 사랑은 저절로 치유가 일어난다.

시시한 사랑 말고 다 받아들이고 다 내려놓는 사랑을 하라.

상처를 내고, 상처를 받고 하는 인간관계는 모두 우리의 본성이 아닌 에고 차원에서 일어나는 일이다. 에고에 가려 보이지 않지만 우리의 본성은 상처 낼 일도, 상처 날 일도 없다.

누가 당신을 아프게 하면 기억하라. 그것은 존재의 표면을 긁는 일일 뿐 존재의 본질과는 상관없는 일이다.

우리는 모두 인생이란 드라마에 출연하는 배우들이다. 아무리 연기에 몰두했다 해도 드라마에서 일어난 일로 상처받는 건 어리석은 일이다. 드라마 속에선 진실도, 허위도 다 연기일 뿐이다.

드라마가 아니라 그것이 현실이라도 마찬가지다. 연기력이 뛰어난 사람은 허위도 진실로 연기한다. 연기를 감상하듯 현실도 그렇게 감상해 보라. 나를 배신한 그 사람은 부족한 연기력 때문에 배신이 탄로 난 건지도 모른다. 드라마와 마찬가지로 인생에도 뛰어난 연기력을 가진 사람이 있는가 하면 부족한 연기력으로 관객을 실망시키는 이도 있다.

박하와 오렌지 밭 사이

○ "적선하시오. 형제들이여. 한 사람이 내게 15분씩만 나눠주시오. 아, 내가 일을 마치기에 충분한 약간의 시간만 있다면… 그런 다음 죽음의 신이 찾아와도 좋으련만."

'한 사람이 내게 15분씩만 나눠달라.' 시간을 구걸하는 이 글은 '그리스인 조르바'를 쓴 작가 니코스 카잔차키스가 남긴 말이다.
새 달력을 걸기가 무섭게 날아가 버리는 시간은 정말 어떻게 보관하며, 어떻게 관리하며, 어떻게 사용해야 하는가?
니코스 카잔차키스의 아내 엘레니 N. 카잔차키스는 남편인 카잔차키스가 죽고 난 뒤 '영혼의 자서전'이라는 책의 서문에서 "시간이 조금만 더 있다면 남은 일을 할 텐데"라며 시간을 구걸하고 싶어 하던 카잔차키스의 말을 전한다.

우린 사실 자신에게 남아 있는 시간이 얼마나 될지 알 수가 없는 삶을 살고 있다. 약속 시간도 모르는 채 약속 장소로 나가는 바보처럼 우린 자신이 언제까지 살지도 모르면서 무작정 살고 있는 것이다.
가령 말기암에 걸렸거나, 불치의 병에 걸려 남아 있는 시간이 얼마 되지 않는다는 사실을 깨닫는 순간 우리는 지금까지 살아온 삶을 후회할지도 모른다. 그렇게 애써 벌려고 했던 돈, 누리려고 했던 명예, 그렇게 집요하게 누군가를 비난하며 사사건건 상대를 걸고 넘어지곤 했던 그 칙칙한 일들이 한꺼번에 허망하게 느껴질지도 모른다.
지금 남아 있는 시간이 얼마 되지 않는다면 당신은 무엇을 하고 싶은가? 누구를 만나고 싶으며 어디로 가고 싶은가? 스페인 내전 당시 비참한 최후를 맞았던 시인 로르카는 자신의 비극적인 죽음을 예측하지 못한 채 시로 쓴 묘비명에 이런 글을 남기고 있다.

내가 죽거든,
나를 나의 기타와 함께
모래 아래 묻어주오.

내가 죽거든.
박하와 오렌지 밭 사이
내가 죽거든,

내가 죽거든
마음 내키면 그냥
풍향계 속에 묻어주오.

로르카가 죽은 뒤 그가 원하는 대로 사람들이 그를 기타와 함께 묻어줬는지는 알 수 없다. 스파이로 몰려 총살당한 그의 비극적인 죽음을 떠올리면 아마 그는 기타와 함께 묻히지도, 박하와 오렌지 밭 사이에 묻히지도 못했을 것이다.

나 또한 내게 허락된 시간이 얼마나 될지는 알 수 없다. 그러나 구걸한다 해서 생겨나지 않을 시간을 좀 더 늘려 쓰는 방법으로 나는 잠을 조금 줄이는 길을 택한다. 비록 소극적이긴 하지만 잠자는 시간을 줄인 만큼 더 깨어 있으려 하는 이 방법만이 시간의 한계에 몰려 있는 인간이 할 수 있는 유일한 저항 아니겠는가. 아직 어둠이 가시지 않은 겨울 새벽 6시에 집을 나서보라. 아무도 일하러 나오지 않을 것 같은 그 깜깜함 속에 길 위를 달리는 자동차가 얼마나 많은지.

새벽에 깨어나 일하러 가는 사람들을 보면 숙연해진다. 오래 살고 싶다는 생각을 해본 적은 없지만, 그러나 사는 그날까지 하고 싶은 일을 하다가 죽을 수만 있다면 얼마나 좋겠는가. 한 번도 버킷리스트를 작성해본 적은 없지만 생의 시간을 늘리기 위해 새벽에 깨어나 떠오르는 단상들을 하나하나 글로 옮긴다.

누군가를 다시 사랑한다는 것은

○ 누군가를 사랑한다는 것은
그 사람의 아픔을 사랑하는 것이다.
누군가를 사랑한다는 것은
그 사람의 햇볕과
그 사람의 그늘을
구별하지 않고 받아들이는 것이다.

한 사람을 사랑한다는 것은 자신의 한계를 허무는 일과 같다. 그것은 하나의 경계를 넘어서는 일이며 한 우주를 받아들이는 일이다. 나의 우주에 적용되는 공식을 타인의 우주에 적용하려 하지 말라. 사랑이 깨어지는 모든 원인이 바로 그것이다.
한 사람을 사랑한다는 것은 하나의 우주를 온전히 사랑하는 것이다.

인생 레슨

○ 모짜르트와 베토벤이 활동했던 빈을 음악의 수도라고 말한다.

음악의 수도였던 그곳에서 공부했던 한 연주가에게 이렇게 물어봤다.

"거기서 레슨할 땐 어떻게 가르쳐요?"

"이 소절에서 그다음 저 소절까지 내 눈에서 눈물이 흐를 수 있도록 연습해 와라."

눈물이 흐르도록 연주하라! 그 이상으로 어떻게 말할 수 있겠는가? 수학처럼 공식이 있거나 뚜렷한 결과를 요구하는 과학과 달리 음악이나 시는 공식도 결론도 없이 뭔가를 배우고 가르쳐야 한다. 이론은 가르칠 수 있을지언정 감정과 느낌을 어떻게 가르칠 수 있겠는가?

인생도 마찬가지다. 어떻게 인생을 가르칠 수 있겠는가? 인생을 배우려 하는 이들에게 말하고 싶다. 여기서 저기까지 흐르는 눈물을 삼키면서 걸어가 보라. 기쁨보다 더 큰 배움이 눈물 속에 숨어 있다.

시한부 인생

○ 나면서부터 사람은 시계 하나씩 가지고 난다.
평생을 지니고 있으면서도 안 보이는 시계.
몇 시일까? 나는 지금 얼마나 남았을까?

우리의 환경은 우리의 마음 상태에 예민하게 반응한다. 지진이나 해일을 비롯한 재난이 많아지는 것은 인간의 마음속에 부정적이고 파괴적인 감정이 많아지기 때문이다.

그러나 언젠가 죽는다는 의미에서 우리는 태어날 때부터 다 시한부 인생이다. 그런데 왜 인생을 사소한 것에 소모하며 남의 일에 그렇게 분개하고 흥분하는가?

먹고 사는 것이 실로 사소한 것이 될 수 없듯 내 앞길 밝히기에도 인생은 길지 않다. 남의 일에 시비 걸고 오버하며 흥분하다가 정작 중요한 자신의 삶을 놓치는 것은 얼마나 한심한 일인가?

두려움이 보낸 문자

○ 그대의 암은 그대의 두려움이 그대에게 보낸 문자,
그대의 상처와 그대의 병은
그대의 소외와 그대의 공포가 그대에게 보낸 문자,
상처와 치유가 함께 우리의 동반자지만
우리는 그들을 받아들이지 못한다.

두려움 때문에 아무것도 못하는 사람들이 있다.
예를 들어, 수영을 하다가 익사한 예만 검색하며 물속에 들어가는 것은 위험한 일이라고 지레 겁부터 먹는다고 쳐보자. 그런 사람이 어찌 헤엄을 칠 수 있겠는가?
두려움보다 더 무서운 것은 두려움 속에 갇혀 아예 바깥세상으로 나올 생각을 포기한 채 세상을 비관적인 시각으로 바라보는 태도다. 그런 부정적인 삶의 태도는 두려움을 넘어서려는 에너지를 원천적으로 차단한다.
그러나 두려움을 통해 우리는 성장하기도 하며, 그것을 극복함으로써 인생의 가치를 발견하기도 한다. 지금 길을 잃고 헤맨다 해도 두려워할 것 없다. 허공에 발자국 하나 남기지 않고 새들은 잘도 날아가는데 우리가 날지 못하는 것은 날개가 없어서가 아니라 날개를 펴지 못하기 때문이다.

잠시 길을 잃었다면 마음을 열고 가슴의 소리에 귀 기울이는 것이 좋다. 머릿속 복잡한 생각을 버려두고, 가슴이 이끄는 대로 따라가는 게 좋다. 그러는 동안 우리의 내면 깊숙한 곳에 설치되어 있는 네비게이션이 원래의 공간으로 우리를 안내할 것이다. 잃어버릴 수도 없고 줄어들지도 않는 내면의 사랑이 당신을 감쌀 것이다. 이제 그만 두려움이 보내는 문자는 무시해버려도 좋다.

○ 사람들은 꿈꾸네.

지금은 멀어만 보이는 것들을.

꿈이라며 마음속에 그냥 접어두는 것들을.

그러나 가끔은 멀기만 한 것들이

눈앞에 펼쳐지는 현실을

인생의 시간들은 우리에게 선물하네.

꿈은 멀지만

꿈꾸는 동안 우리는 그 꿈을 살아간다.

그래, 맞다. 꿈꾸는 동안 우리는 행복하다. 꿈꾸는 동안 우리는 그 꿈을 살아가는 것이다. 꿈이 이루어지지 않는다 한들 어떠랴. 애쓰는 그동안, 품고 있는 그동안 행복할 수 있다면.

알면서도 모르고 사는

○ 베어진 풀에서 향기가 난다.

알고 보면 향기는 풀의 상처다.

베이는 순간 사람들은 비명을 지르지만

비명 대신 풀들은 향기를 지른다.

거친 비바람이 불 때면 굵은 나무 가지도 뚝뚝 부러진다. 그러나 그 와중에서도 풀들은 이파리 하나 찢기지 않고 푸르기만 하다. 세차게 내리는 빗줄기에 이파리들이 찢기지 않는 이유는 바로 부드러움 때문이다. 참으로 강한 것은 그렇게 부드러운 것이다.

빗줄기의 폭력을 유연하게 감당해내는 가녀린 풀들의 세상 사는 법을 지켜보며 부드러움이 강함을 넘어서는 그, 알면서도 모르고 사는 이치 하나 깨닫는다.

WINDOW_1981 (30 x 35)

꿈꾸는 동안 우리는 그 꿈을 살아간다.

돛 없는 항로

○ 마음은 언제나 나를 돕는 생각과 나를 해치는 생각이 뒤섞여 있다. 무엇을 선택할 것인지는 나 자신에게 달려 있으며 지혜와 어리석음은 그것에 의해 구분된다.

살아가며 우리는 늘 무엇을 선택할 것인지를 결정하며 산다. 선택은 나의 몫이며 설령 누군가의 권유로 무엇인가를 선택했다 해도 책임은 내가 져야 한다. 누구도 나 대신 배부를 수가 없으며 누구도 나 대신 배고플 수도 없다.
어리석은 사람은 자신을 해치는 생각을 선택해서 스스로의 인생을 불행에 빠트리고, 지혜로운 사람은 스스로를 돕는 생각을 선택해 넉넉한 인생을 살아간다.
어떤 것을 선택하건 그것은 언제나 선택하는 이의 자유다. 폭풍에 침몰하지 않는 한 인생이란 그렇게 스스로 선택하는 방향으로 움직여가는 돛 없는 항해다.

내 안의 개 두 마리

○ 한 인디언이 말했다.

"내 마음속엔 개 두 마리가 살고 있습니다.

한 마리는 약삭빠르고, 한 마리는 덩치가 크지만 온순한 놈이지요.

두 놈은 자주 싸운답니다."

"싸우면 어떤 놈이 이기게 되나요?"

돌아온 답은 이랬다.

"먹이를 더 많이 준 놈이 이기지요."

자주 화내는 사람은 언제나 사랑보다 분노에 먹이를 더 많이 준다. 열렬하게 누군가를 비난하며 미워하는 사람은 언제나 화해보다 투쟁에 먹이를 더 많이 준다. 누군가를 모함하고 구렁텅이에 빠트리길 좋아하는 사람은 언제나 진실보다 거짓에 먹이를 더 많이 준다.

인생이 뜻대로 잘 풀리지 않는다면 내 안에 있는 그들에게 먹이를 주는 순서를 바꿔보는 것은 어떨까?

분노보다 사랑에, 투쟁보다 화해에, 거짓보다 진실에 먹이를 더 많이 주는 동안 인생은 어둠보다 빛과 더 많이, 불운보다 행운과 더 많이 만나게 될 것이다.

햇살 이야기

○ 모든 것 다 잃어버렸다고 생각한 날
반짝이는 햇살이 다가와 아니라고 말했네.
아무것도 가진 것 없으니
아무것도 잃을 것 없다고
어깨에 앉은 햇살이 내게 아니라고 말했네.

안데스 산맥 바라보이는 라틴 아메리카에 살던 친구는 암에 걸려 돌아왔다. 남은 시간이 4개월밖에 안 된다고 선고받은 친구를 이 책이 나온 뒤에도 만나볼 수 있을까?
치매에 걸린 노모는 정신이 들 때마다 '내가 왜 아직 안 죽냐'고 살아있음을 한탄한다. 아무도 없는 빈 집을 들어설 때마다 매번 '안에 누구 없냐'고 사람을 찾는 노모의 고독.
죽음을 바라는 사람에게 죽음은 더디 오고, 더 살아야 하는 사람에게 죽음은 왜 그리 잰 걸음으로 오는가? 아직은 이 세상에 더 있어야 할 이들의 죽음을 몇 번씩이나 경험했다. 그러나 세상엔 죽어야 할 이와 죽어서 안 될 이가 따로 있는 건 아니다.
모든 것 다 잃어버렸다며 절망하는 사람이라면 다시 생각해봐야 한다. 모든 생의 종착역은 죽음이며 누구도 그 종착역을 비켜갈 수 없다는 사실을.

모든 것 다 잃어버렸다는 생각이 들 때의 그 모든 것이란 무엇인가? 우리가 생각하는 모든 것이란 어쩌면 다 버려도 상관없는 비본질적인 어떤 것이다. 4개월을 선고받은 말기의 암환자나 치매의 노년 앞에 비본질적인 그 무엇들이 무슨 가치를 가지겠는가?

모든 것 다 잃어버렸다고 생각하지만 결코 우리가 잃어버린 것은 없다. 모든 것 다 잃어버렸다고 생각하지만 애당초 아무것도 가지고 온 것 없으니 우리는 빈 손 그대로가 본전이다.

사랑의 덫

○ 실연의 이유야 다양하겠지만

똑같은 방식으로 상대를 대하면 당신은 또 실연할 것이다.

마찬가지로 똑같은 방식으로 매사에 임하면 또 갈등할 것이다.

경험을 통해 학습해야 할 어떤 것을 제대로 배우지 않았기 때문이다.

자기 안에 갇혀 있는 사람은 배울 수가 없다.

누군가를 지독히 미워해본 적이 있는가? 미움이 미움을 낳는다는 말이 있지만 눈덩이처럼 굴러가며 미움은 더 큰 미움을 만들기 마련이다. 작은 미움이 큰 미움을 낳고 큰 미움이 마침내 증오가 되고 마는 상황. 미움에 붙들려 꼼짝 못하는 순간 어디에도 사랑이 깃들 자리는 없다. 지독한 미움이란 그러나 미워하는 대상을 태워놓기보다 자신을 태워놓기 마련이다.

누군가를 사랑하는 것은 또 어떤가? 누군가를 지독히 사랑한다는 것 또한 나 자신을 태워놓기 쉽다. 사무치게 누군가를 그리워한다거나 미칠 듯 누구에게 애착하는 것 또한 스스로 만들어놓은 덫이기 쉽다. 사랑이건 미움이건 자신을 학대하는 감정들은 모두 덫일 뿐이다. 뭔가를 포획하기보다 오히려 스스로를 가두어버리는 덫. 스스로가 쳐놓은 덫에 스스로 걸려드는 아이러니를 사람들은 사랑이라 착각할 때가 많다.

손 내밀어 한번 주먹을 보라. 누가 그것을 쥐었다 폈다 하는가? 누가 손가락의 마디들을 그렇게 마음대로 구부렸다 폈다 할 수 있는가? 사랑도 미움도 사실은 스스로가 만든 감정일 뿐 내가 쥔 주먹을 나 스스로 펼 수밖에 없듯 스스로 일으킨 감정 또한 스스로 다스릴 수밖에 없다. 누군가를 미워하며 증오하는 것도, 그리고 누군가를 사랑하며 애착하는 것도, 사실은 다 나 스스로 지어낸 내 마음의 장난이다.

노예가 될 것인가, 주인이 될 것인가

○ 행복하지 않은 일에 시간 빼앗기지 말고
기쁨이 없는 관계에 매달리지 말라.
인생이 너무 짧다.

그녀는 정말 회사를 그만두고 말았다. 괜찮은 연봉에 보장된 휴가를 내던지고. 그런 그녀를 호강에 받쳐 그런 것이라고 빈정대는 사람도 있었다. 물론 세상을 몰라서 그런 것이라며 안타까워하는 사람도 있었다.

회사를 그만두고 그녀가 한 일은 여행을 간 것이다. 괜찮은 연봉에 보장된 휴가를 팽개치고 한 일이 등산화 졸라매고 험준한 산맥 넘어 고행 길을 나선 것이라니.
그녀에게 나는 말했다.
"미쳤어. 그 좋은 직장 그만두고 사서 고생을 하다니. 도대체 앞으로 어떻게 살려고 그런 거니? …그런데 정말 네가 부럽구나."

우리는 우리의 일터를 최고의 일터로 만들 수도 있고, 그저 그런 직장으로 만들 수도 있다. 우리는 우리의 삶을 최고로 만들 수도 있고, 그저 그런 인생으로 만들 수도 있다. 우리는 평생 종으로 살 수도 있고, 인생의 주인이 될 수도 있다. 내가 내 마음의 주인이 되지 못하는 한 나는 삶이라는 고약한 주인에게 끌려다니는 피곤한 노예일 뿐이다. 기회는 언제나 당신 앞에 있고, 단지 당신은 그것을 결정하기만 하면 된다. 종이냐 주인이냐, 당신이 결정하라.

긍정의 기도

○ 만나기 위해 헤어지고
사랑하기 위해 우린 사랑을 잃는다.
일어서기 위해 주저앉고
용서하기 위해 우린 버림받는다.
성장하기 위해 고통받고
조금 더 자유롭기 위해 조금 더 내려놓으며
풍요롭기 위해 가난하고
더 얻기 위해 더 많이 잃는다.
날아오르기 위해 바닥으로 내려가며 우린
화해하기 위해 미워한다.
삶이 내민 기회 위에 손 얹어놓으며 우리는
성공하기 위해 자꾸 실패한다.

아픔으로 주저앉아 있는 사람에겐 똑똑한 백 마디 말보다 어깨 위에 얹어놓는 따뜻한 손 하나가 더 위로가 된다. 실패한 사람에겐 호기심 어린 눈빛보다 조용한 위안의 말이 더 큰 힘이 된다. 잘나갈 때 쏟아지던 수많은 칭찬보다 어려운 순간 날아오는 한 줄의 따뜻한 문자가 인생의 큰 친구가 된다.

푸르던 나뭇잎은 단풍으로 바뀌고, 주머니는 텅텅 비어 가랑잎처럼 바닥으로 내려앉던 날 나는 문득 깨달았다. 모든 바닥은 딱딱하거나 차갑고, 모든 바닥은 착지하는 새들의 활주로라는 사실을.
설령 그것이 차갑고 딱딱하다 해도 생각을 바꾸어 바라보면 바닥은 비상의 에너지를 품고 있는 기회의 공간이다. 모든 헤어짐은 만남을 품고 있으며 또 모든 가난은 풍요의 모항母港이다. 화해하기 위해 우린 갈등하고, 누군가를 위로하기 위해 누군가의 따뜻한 손길을 기다리며 사는 것이다.

가랑잎 하나 어깨 위로 떨어지던 그날 나는 깨달았다. 가랑잎처럼 가벼울망정 진심을 담은 한마디는 상처 난 영혼을 위로할 수 있다는 사실을.
지금 버림받은 사람은 이 말을 기억하라. 용서하기 위해 우린 버림받았다고. 지금 사랑하는 사람 또한 이 말을 기억하라. 사랑하기 위해 우린 사랑을 잃고, 더 배우고 더 성장하기 위해 고통받고 있다는 사실을.

외로움의 시그널

○ 지금 외로움을 느끼고 있다면

그것은 내려놓을 줄 모르는 내 에고에게

겸손을 배우라고 신호하는 우주의 시그널이라는 사실을 알자.

깊은 외로움을 겪어본 사람만이 겸허해질 수 있다. 외로움은 겸손을 준비하라는 마음의 시그널이다. 외로움이 주는 텅 빈 마음의 공간을 들여다볼 수 있다면 우리는 세상의 몰랐던 한쪽에 발을 들여놓게 될 것이다.

실패 앞에서 더 낮아지고, 절망과 만나 더 겸손해지고, 인생의 험한 행로는 우리의 스승이며 나침반이다. 오랫동안 우리는 온갖 종류의 부정적인 감정을 흡수해서 그것을 나 자신이라고 착각하며 살아왔다.

외로움을 느낄 때 그 외로움을 겸손함을 배우라는 신호로 여겨 부정적인 감정으로부터 자신을 떼어놓아야 한다. 시련이 오기 전에 스스로를 바꾸는 사람은 시련이 다가와도 지혜롭게 그것을 넘어갈 수 있다.

그러나 사람들은 대부분 눈앞에 시련이 다가와도 하던 짓을 멈추지 못한다. 무한정 욕망하는 그것들을 좇아 스스로 시련을 더 키울 뿐. 지금 한껏 잘나간다고 기고만장해 있는 이들의 행로를 눈여겨보라. 시련이 어떻게 오는지 그 길을 알 수 있을 것이다.

허무를 견디는 다섯 가지 방법

1. 뭔가에 몰두한다.
2. 삶에서 의미를 찾지 말고 스스로 의미를 창조한다.
3. 미래나 과거의 일에 마음 뺏기지 말고 현재에 머무른다.
4. 책읽기에 재미를 붙인다.
5. 결과보다 과정에 더 큰 가치를 부여한다.

뭔가에 몰두하는 동안 우리는 허무로부터 놓여난다. 뭔가에 집중하는 힘은 허무를 넘어서는 역동적인 에너지다.

사람들은 대부분 우리가 살아가는 이 삶에 대단한 의미가 있다고 착각한다. 그래서 삶의 의미를 찾아 어딘가로 떠난다. 더러는 산중의 절을 찾아 삶의 의미를 찾는 사람이 있는가 하면, 철학을 통해 그것을 찾기도 한다.

그러나 원래 의미가 없는 삶에서 의미를 찾을 수는 없다. 삶이 허무하게 느껴지는 것은 바로 아무런 의미가 없기 때문에 그런 것이다. 따라서 의미 없는 삶에 의미를 부여하고, 의미를 만들어나가는 것은 허무를 견디는 또 다른 방법이다.

아무것도 아닌 것에 의미를 부여하고, 새로운 의미를 만들어감으로써 인생은 예술과 다르지 않은 창조적인 작업이 된다. 삶을 예술이라 부르는 것은 이 때문이니 현명한 이는 다가오는 매순간에 의미를 부여하고 창조한다.

우리의 마음은 현재에 있지 않고 과거나 미래를 떠돌 때가 많다. 걱정이나 근심은 그렇게 마음이 현재에 있지 못하고 과거나 미래에 가 있기에 생겨난다. 발가락을 조금 다쳤는데 혹시 파상풍이라도 걸리면 어쩌나 하고 걱정하는 마음이 그것이다. 이때의 걱정이란 마음이 미래를 미리 당겨서 부정적으로 인식하는 것이다.

마음은 모양이 없어 과거나 미래로 마음대로 날아간다. 과거는 상처가 되어 나를 괴롭히고, 미래는 근심으로 나를 두려움에 빠지게 한다. 그러나 과거에 묶이거나 미래를 궁금하게 여기면서도 사람들은 지금 현재를 살피는 데는 서툴다.

미래를 알고 싶으면 현재 자기가 무엇을 어떻게 하고 있으며 어떤 꿈을 가지고 있는지 살펴보면 된다. 과거 또한 마찬가지라 놓아버리지 않는 한 과거는 현재를 지배하게 된다. 만약 기분이 우울하다면 당신의 마음은 지금 여기에 있지 않다. 마음이 현재에 있지 않을 때 기분은 허무와 같은 부정적인 감정에 문을 열기 때문이다.

허무를 넘어서기 위해서 책을 읽는 것도 좋은 방법이다. 책 읽기란 경험의 폭을 넓혀주는 일이다. 그러나 책 읽기를 통해 안다고 믿는 것과 실제로 아는 것은 다르다. 제대로 된 앎은 실천한 뒤에 터득되는 것이니 그것을 우리는 세상의 경험이라 부른다.

세상의 경험이란 과일 맛을 알려면 과일 맛에 대해 분석해놓은 논문을 읽을 게 아니라 그것을 한 입 베어 먹으라는 말이다. 경험해보고서야 우리는 비로소 알게 된다. 그것이 참된 앎이다. 참된 앎을 통해 우리는 허무라는 감정이 실체가 없다는 사실을 깨닫게 된다.

마지막으로, 허무를 견디기 위해 결과보다 과정에 더 큰 가치를 부여해야 함은 무엇 때문일까?

결과에 대한 불안한 마음을 버리고 과정에 큰 가치를 부여함으로써 우리는 더 깊게 몰두할 수 있다. '결과가 좋으면 다 좋은 거야'라고 말하는 사람들을 유심히 살펴보라. 그런 이들은 기회주의자이기 쉽다. 그런 사람들이 자주 쓰는 말 중에 '아니면 그만이고' 또한 빼놓을 수 없다. 그런 말을 자주 하는 사람들과는 친구가 되지 말자. 친구가 필요하다면 이미 꿈을 이룬 사람보다 꿈을 이루기 위해 노력하는 사람과 친구가 되자. 실패와 성공을 반복하는 드라마틱한 과정이 인생을 더 소중하게 만들 것이다. 꿈을 이루기 위해 노력하는 동안 허무는 좀체 비집고 들어올 틈을 찾지 못할 것이다.

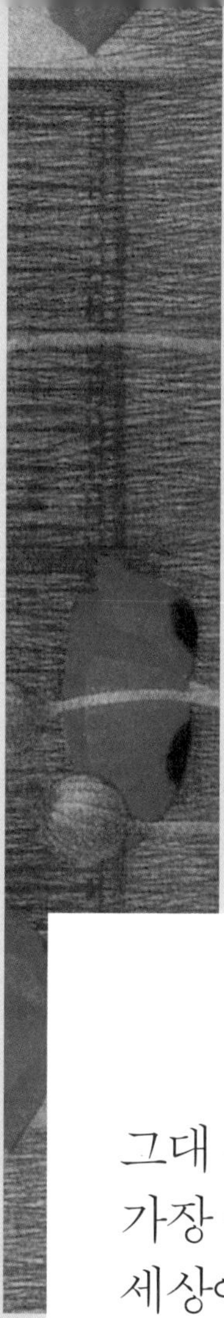

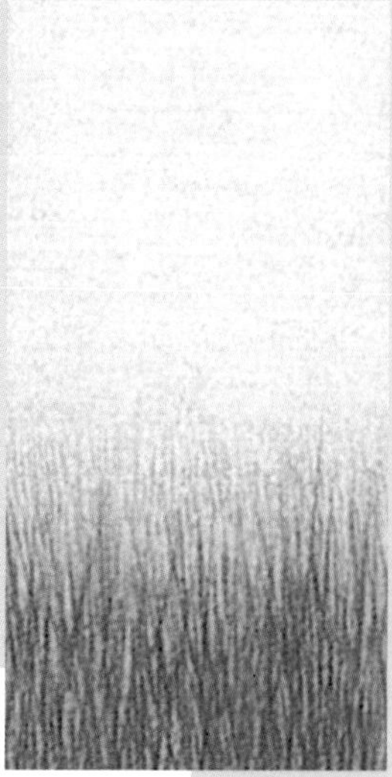

그대 주머니 속
가장 좋은 것을
세상에
내어주라

모든 불길은 처음엔 작은 불씨로 시작됩니다.

SUN AND MOON_1994 (25 x 27.5)

내 안으로 가는 말 한 마리

○ 한 마리 말을 타는 것에 대해 어떻게 생각하십니까?

한 마리 말을 타는 것은 자기 스스로에게 돌아오는 것입니다. 당신이 스스로를 구루, 스승, 무당, 종교 등 그 어떤 것에 내어주었든, 결국 당신 스스로는 지혜의 근원으로 돌아가고자 할 것입니다.

"미안합니다, 용서하세요, 고맙습니다, 사랑합니다."
단지 이 간단한 네 마디 말을 치료의 수단으로 삼아 고통받는 사람들의 정신적인 문제를 치유했던 휴렌 박사는 그렇게 말한다.
"한 마리 말을 타는 것은 자기 스스로에게 돌아오는 것이다."
한 마리 말을 탄다는 것은 이 길, 저 길, 이쪽과 저쪽을 기웃거리지 않고 한 가지 길을 꾸준히 간다는 뜻으로 받아들일 수 있다.
그것이 어떤 믿음이건, 예를 들어 누군가를 진리의 스승인 구루로 떠받들며 그를 추종하건, 아니면 영적인 무당을 찾아가 미래에 대한 예언을 듣건, 종교를 찾아 그 어떤 이름을 가진 종교에 귀의하건 간에 결국엔 모두 한 마리 말을 타고 지혜의 근원으로 돌아가야 한다는 것이다.

지혜의 근원으로 돌아가는 일을 그는 집으로 돌아오는 길이라고 표현하기도 했다. 기독교인은 기독교인대로, 불교인은 불교인대로. 그것이 어떤 종교나 어떤 믿음이건 간에 궁극적으로 우리가 추구하는 영적인 길은 모두 집으로 돌아오는 길이며 그것은 한 마리 말을 타고 자기 스스로에게 돌아오는 일이다.
나의 내면에 귀 기울이며 내 안에 있는 치유의 힘을 신뢰하며 지혜의 소리에 온전히 나를 맡길 때 우리는 고통으로부터 치유되며 집착으로부터 자유를 얻게 될 것이다.

별의 여행길

○ 우리는 끝없는 여행길에 서 있다.

한 생애가 지나가면 다시 다른 생애가 시작된다.

한 생에서 이루지 못한 일은 다른 생에서 이루어진다.

정말 이 생애가 지나가면 더 나은 생애가 펼쳐질까? 터널을 지나면 나오는 환한 바깥세상처럼 인간의 생 또한 환한 다음 생이 기다리고 있을까?

지금 인생의 터널 속에 있다고 해서 그것이 끝이라고 생각하진 말자. 끝나지 않는 터널은 세상에 없으니까. 끝이 너무 아득하게 느껴져 무릎 꿇고 싶거나, 끝이 없는 게 아닌가 하는 의심 때문에 불안해진다면 육체의 죽음이 끝이 아니며 그것으로 끝을 대신할 순 없다는 사실을 명심하자.

모든 출구는 언제나 입구로부터 시작되며, 모든 터널의 끝은 또 다른 시작을 알리는 공간과 닿아 있다.

우리는 지금 지구라는 별에 다니러 온 여행객이다. 여행이 힘들다고 해서 포기하는 건 어리석은 일이다. 우리는 이미 집을 떠나왔고, 중도에 여행을 포기한다고 해서 집으로 돌아갈 수도 없다. 학교가 파해야 귀가하듯 집으로 돌아가기 위해선 우리에게 주어진 수업을 마쳐야 하는 것이다.

꽃자국

꽃 핀다.

나는 아무 말 할 수가 없다.

아무 노래도 부를 수가 없다.

기어코 지고 말 저것들이 온몸에

자국을 낸다.

'꽃은 피어날 때 향기를 토하고, 물은 연못이 될 때 소리가 없다'고 한다. 언제 피었는지 꽃은 향기를 통해 자기를 알린다. 졸졸 흘러내리던 물은 연못에 닿는 순간 침묵을 지킨다.

꽃의 향기와 물의 침묵, 자연은 말 그대로 그 자리에 그대로 있어서 자연스럽다. 꽃은 향기를 날리고 달은 꺾였다가 둥글어지며 한 달을 산다. 꽃이나 달처럼 세상엔 어느 것 하나 가치 없이 존재하는 것은 없다. 못난 사람은 못나서 자연스럽고, 잘난 사람은 잘난 그대로가 자연스럽다.

잘났다, 못났다 말을 하지만 알고 보면 그 둘이 커다란 차이가 나는 것도 아니다. 차이가 있다면 그저 스스로 마음의 힘을 키운 사람과 그렇지 못한 사람의 차이일 뿐 내면이 보름달처럼 꽉 찬 사람은 못생겨도 못생겼다고 느껴지지 않는다.

잃을 것 없으면 두려울 것도 없다

○ 여행은 힘과 사랑을 그대에게 돌려준다.
어디든 갈 곳이 없다면
마음의 길을 따라 걸어가 보라. -루미

고통스러운 젊음에게 시인이 전하는 '마음의 길을 따라가는 여행'은 현실성 없는 권유로 들릴지도 모른다. 최저 임금에도 못 미치는 푼돈을 거머쥔 채 일용할 양식을 해결하기도 바쁜 나날에 여행이 무슨 사치스러운 말이냐며 화를 낸들 나무랄 수도 없는 일이다.

그러나 루미가 노래하는 '마음의 길'에 조금만 관심을 갖게 된다면 상황이 달라진다. 돈 없이도 할 수 있는 '내면 여행'은 마음만 먹으면 큰 시간 들이지 않아도 갈 수 있기 때문이다. 자신의 내면을 들여다보는 일은 내가 이 우주 속에 홀로 떨어져 외로운 존재가 아니구나, 하는 각성을 가져다준다. 사다리 없는 담장을 외롭게 혼자 올라가야 하는 것이 아니라 세상과 나, 우주와 내가 연결되어 있다는 사실을 발견하고 그 연결을 통해 새로운 가능성을 확인할 수 있다.

이 글을 읽고 있는 당신이 만약 스스로 루저loser라고 생각한다면 잘된 일이다. 갈 곳이 없는 루저인 당신은 이제 마음의 길을 따라갈 수 있는 절호의 기회를 맞이했다.

그 길이 어디로 나 있으며, 그 끝이 어디인지 마음만 먹으면 당신은 걸어볼 수 있다. 루저인 당신은 이제 더 잃을 게 없으니까. 더 잃을 게 없다는 말은 더 이상 두려워할 것이 없다는 말과 같다. 더 잃을 게 없는 당신이 지금 서 있는 그 자리는 바닥이며, 세상의 모든 바닥엔 상승하는 에너지가 고여 있다.

당신이 만약 루저라면 히말라야로 가서 라마승이 되건, 돈 못 버는 예술가가 되건 아무것도 손해 날 것이 없다. 세속의 계산법으로 봐도 그건 밑지는 장사가 아니다. 꽝이며 루저인 당신이 선택하는 모든 일은 무에서 유를 만드는 창조적 행위니까.

머뭇거리지 말고 뭔가에 도전하라. 도전할 바에야 자기가 좋아하는 일을 찾아 과감히 시작해야 한다. 아무것도 더 잃을 게 없다. 루저인 당신에게 그럴듯한 스펙을 요구할 그 누구도 없으며 꽝인 당신에게 뭔가를 기대할 사람도 아무도 없다. 만약 그림 그리기를 시작하겠다면 그림을 그리는 그 행위엔 스펙이 필요 없다. 만약 음악을 듣겠다면 음악을 듣는 그 행위에도 스펙은 필요 없다. 당장 머리 깎고 라마승이 되겠다면 그것 또한 아무것도 가지고 갈 필요가 없다.

먹고 살 계산 따윈 할 필요가 없다. 꽝에서도 죽지 않고 살았으니 그런 염려는 다른 사람들에게 맡겨두면 된다. 온몸을 던져서 해야 할 일을 찾기만 하면 된다. 아무것도 없기에 당신은 다 가질 수 있다. 아무것도 잃을 것 없으니 아무것도 두려울 게 없다.

무기력

○ 제자가 스승에게 말했다.

스승이시여, 저는 지금 너무 무기력합니다. 어떻게 해야 합니까?

스승은 이렇게 대답했다.

다른 사람을 도와줘라.

지금 아무 일도 하고 싶지 않고, 되는 일이 없는 것 같고, 세상이 귀찮다는 생각에서 빠져나오기 힘이 드는가? 그렇다면 누군가 도움이 필요한 사람이 없는지 찾아봐야 할 때다.

기회

○ 비범한 인생과 평범한 인생 사이엔
위기라는 벽이 있다.
모든 위기 속엔 도약의 가능성이 숨어 있으니
비범한 인생은 그것을 놓치지 않는다.

오늘을 기다렸는가? 그렇다면 놓치지 말자. 인생은 우리에게 늘 기회를 준다. 그러나 우린 늘 놓친다. 기회를 알아보지 못하기 때문이다. 위기가 기회라는 말은 틀린 말이 아니다. 그러나 그것을 기회로 만들기 위해서는 마음을 바꾸어야 한다. 막다른 골목과 만났으니 발상을 전환해야 살 것 아닌가? 마음을 바꾸지 못하면 위기는 위기일 뿐이다.

한 생을 바쳐서 할 일

○ 우주 안에는 모든 것이 평등입니다.
우주는 아름다운 것을 사랑하고, 완전한 것을 존경하지도 않으며
추악한 것을 미워하고, 불완전한 것을 경멸하는 일도 없습니다.
일생을 바쳐서 해도 되겠다고 생각하는 무엇을 잡으십시오.
그것은 마음과 영혼이 기뻐하는 일이어야 합니다.
마음도 몸도 피곤하지 않는 일,
그것은 오직 사랑입니다. -인드라 초한

꿈이 뭐냐고 물으면 선뜻 대답하는 사람이 많지 않다. 일생을 바쳐서 해도 되겠다고 생각하는 무엇을 잡으라고 말해도 도대체 그것이 뭔지 고민에 고민을 거듭한다.

마음과 영혼이 기뻐하는 일을 찾기보다 돈 되는 일을 찾고 있기 때문이다. 이걸 하면 먹고 사는 데 지장이 없을까? 저걸 하면 먹고 사는 데 도움이 될까?

그러나 일생을 바쳐서 해도 될 그 무엇은 결코 그런 것이 아니다. 그것은 돈과는 무관하며 보장되는 장래성과도 무관하다. 그것은 그저 돈이 안 되어도 내가 좋아하는 일이며 그것을 생각하는 순간 의욕이 생기는 일이다.

그래서 그것은 사랑일지도 모른다. 마음을 다해 노력해도 몸도 마음도

피곤하지 않은 일, 사랑하는 이에게 모든 것을 바치듯 모든 것을 바쳐도 아깝지 않은 일, 그것이 일생을 바쳐서 해도 되는 일이다.
그런 일에 몰두하면 돈은 저절로 따라서 온다. 장래에 대한 보장 또한 저절로 따라서 온다. 그것이 일생을 걸 수 있는 나의 일이다.

내 안의 종소리

○ 그대는 내 안에 종 하나 달아놓고
아득한 시간 불러 딸랑거리네.

아무리 세월이 가도 잊혀지지 않는 사람이 있다. 순간순간 스쳐갔던 감정의 움직임은 더 이상 없지만, 그래도 잊혀지지 않는 어떤 것이 내 안에 있다.
악기를 다루는 연주가들은 이런 말을 한다.
"머리가 잊어버린 악보를 손가락이 기억한다."
무대에 올라 악기를 연주하기 위해서는 먼저 머리로 악보를 외우며 연습을 한다. 그러나 수없는 연습이 반복되는 동안 머리를 따라 몸이 저절로 악보를 기억하게 된다. 그래서 순간적으로 악보를 잊어버려도 손가락이 알아서 움직여 실수 없는 연주를 해내는 것이다. 뇌가 잊어버린 것을 몸이 기억하는 현상.

오래전 헤어진 사람을 잊지 않고 기억하는 것도 이 비슷한 것일까? 세월이 잊어버린 것을 내면에 숨어 있는 손가락이 기억해내어 저절로 움직이게 하는 것일까?
아련한 세월 동안 처마 끝에 매달려 땡그랑땡그랑 소리를 내고 있는 풍경을 바라보다 떠올린 생각이다.

녹슬어도 변함없이 소리를 내는 풍경처럼 그 오랜 세월이 지나가도 우리의 내면에는 지워지지 않고 움직이는 손가락 하나 있는 것일까? 귀 기울이면 들려오는 내면의 종소리. 머리가 잊어버린 악보를 손가락이 기억하듯 세월이 잊어버린 것을 우리는 여전히 기억하고 있다.

두 가지 얼굴

○ 두 사람이 간다

젊음은 아름다워라

늙음은

더욱 아름다워라

늙음이 더욱 아름답다는 휘트먼의 시구에 공감하는 사람은 얼마나 될까? 늙는다는 것은 죽음을 향해 가는 길이며 가까웠던 사람들 하나, 둘 떠나고 병들어 고독해지는 길인데 이 시를 쓴 휘트먼은 자신의 노년을 아름답게 보냈을까?

늙는다는 말은 세상의 심연으로 더욱 깊이 다가가는 일이다. 늙는다는 것은 또 침묵의 깊은 의미를 조금씩 깨달아가는 일이기도 하다.

다가오는 그 모든 것을 받아들일 수만 있다면 늙는다는 것도 꼭 나쁜 것만은 아닐지도 모른다. 육체의 아픔이 정신의 모든 것을 압도하지만 않는다면 늙음은 휘트먼의 말처럼 삶의 깊이를 더해 아름다워질 수도 있을 것이다.

젊음보다 늙음이 더욱 아름답다는 말은 환한 대낮보다 저녁 노을이 아름답다는 것과 비슷한 말이 아닐까? 젊음의 아름다움에 비해 늙음이 아름답다는 것은 기다릴 줄 알고, 버릴 줄 알고, 포기할 줄 알고, 용서할 줄 아는 마음의 아름다움을 갖출 수 있는 시기가 노년이라는 말이다. 오래된 다기나 화병, 손때 묻어 반질거리는 문고리 같은 것도 그것을 곱게 쓴 사람의 정성과 마음이 묻어 있기에 새것보다 더 가치를 지니는 법이다.

인생도 이와 같아서 아프고 쓴 굴곡의 길을 넘어 온 뒤에야 비로소 인간은 조금 사람이 된다. 늙은이의 욕망을 노추老醜라 부르지만, 그런 욕망으로부터 자유롭고, 명예나 물질로부터도 저만치 비켜나 있는 늙음은 물론 젊음의 아름다움이 따라올 수 없는 깊고 고결한 아름다움이 있다.

그러나 그런 아름다운 노년이란 건강한 몸이 뒷받침 되지 않는 한 불가능한 일이다. 설령 시의 가치를 떨어트릴지언정 '늙음은 더욱 아름다워라'는 휘트먼의 시구절을 바꾸라고 말한다면 나는 이렇게 바꾸고 싶다. '젊음은 아름다워라. 그러나 건강한 늙음은 더욱 아름다워라.'

웃는 꽃나무

○ 누군가를 돕기 위해선 먼저 자신이 행복해야 한다.

돕는다는 그 행위가 사명이 아닌 존재 그 자체가 되어야 한다.

강가에 앉아 있건 나무그늘 아래 앉아 있건

향기를 흩날리는 꽃나무가 그러하듯

존재한다는 그 자체로 향기가 퍼지게 하라. -라즈니쉬

살아가면서 우리는 존재 그 자체만으로도 향기가 나는 이와 만날 때가 있다. 그런 이의 존재는 결코 우리를 엄숙하게 하거나 진지하게 만들지 않는다. 그런 이의 존재는 그 곁에 있기만 해도 꽃향기가 퍼지듯 우리로 하여금 저절로 미소를 짓게 만들거나 닫혀 있던 마음이 열리도록 만든다.

마음이 열린 이들은 결코 딱딱한 표정을 짓지 않는다. 누가 향기를 날리는 꽃나무를 보고 화를 내거나 딱딱한 표정을 짓겠는가?

마음이 열린다는 말은 미소 짓거나 활짝 웃고 있다는 말과 다르지 않다. 웃어야 웃을 일이 생긴다고 했다. 마치 꽃나무를 보듯 웃는 그 얼굴을 따라 마음의 근육도 따라서 펴진다. 웃는 얼굴은 웃을 수 있는 상황을 끌어온다. 향기를 흩날리는 꽃나무처럼 거울을 보고 한 번씩 웃는 연습을 하자.

좋은 사람

○ 어떤 글이 좋은 글일까?

너무 어렵지 않은 글, 다시 읽어도 울림이 있는 글,

옆에 있는 사람이 읽어도 공감하는 글, 마음을 환하게 하는 글,

그런 글이 좋은 글 아닐까?

사람도 마찬가지다. 삶에 흥미를 잃지 않으면서도 한결같은 사람. 그런 사람이 좋다. 멀리 있으면 한 번씩 생각나는 사람, 아름다운 꽃을 보거나 맛있는 음식을 먹을 때 떠오르는 사람, 보면 좋고 안 보면 안 보는 대로 잊고 살 수 있는 사람, 그러다가 어느 날 불현듯 떠오르면 문자 날려 엊그제 만났던 것처럼 편하게 말할 수 있는 사람, 말수는 적지만 함께 있으면 유쾌한 사람, 어려움 속에서도 유머를 잃지 않는 사람, '아니요'라는 말보다 '맞아요'라는 말을 자주 하는 사람, 때로는 예쁜 글씨로 손 편지 남기고 가는 사람.

세월이 가면 점점 더 그리워지는 사람이 많아진다.

사라짐의 주문

○ 지금 눈앞의 그 광경을 한낱 꿈으로,
녹아버리는 이슬로, 번개의 섬광으로,
사막에 떠오르는 신기루 속의 오아시스로,
그림자로, 또는 물 위에 뜬 거품으로 볼 줄 알라.

언젠가 고비사막을 가다가 신기루를 본 적이 있다. 그 신기루 속엔 있지도 않은 오아시스와 나무가 있고, 물이 있었다.

삶 속에서 우리는 그것이 신기루라고 무수히 설명을 들으면서도 그 신기루를 좇아 실체도 없는 명예와 재물과 욕망을 따라가곤 한다. "여러분이 지금 간절하게 매달리고 있는 그것들이 실은 다 부질없는 것이다"라는 그 말을 믿고 받아들이며 실천할 사람이 몇이나 있겠는가?

대번에 사람들은 "에이 현실 모르는 소리 좀 그만해. 너 정말 돈 없이도 살 수 있나? 명예 없이도 살 수 있나?"라며 비웃거나 반발하기 십상이다.

정말 눈앞에서 일어나는 이 많은 현상들이 어찌 신기루일 수가 있으며, 돈 없이 이 풍진 세상을 어찌 살 수 있겠는가? 우리는 모두 살아갈 만큼의 재물이나, 기죽지 않을 만큼의 명예를 위해 그렇게 힘들여 살아오지 않았는가?

그러나 지금 내가 사는 이 세상의 납득할 수 없는 현실들이 타들어가는 사막같이 고통스럽다면 한 번쯤 그것들이 신기루인 건 아닐까 상상해보는 것도 손해볼 일은 아니다.

매일같이 닥쳐오는 고약한 이 현실들이 막상 손에 쥐려고 다가서면 사라지는 신기루라면 얼마나 좋을까? 눈앞에 앉아 있는 저 보기 싫은 인간이 신기루처럼 한순간에 사라지고, 눈앞의 이 우울하고 슬픈 현실이 신기루 같은 착각이라면 얼마나 좋을까?

곁에 두고 싶지 않은 역겨운 그 인간을 향해 다가가며 주문을 걸어본다.

"꿈 같고, 녹아버리는 이슬 같고, 거품 같이 부질없는 신기루여, 내 눈앞에서 사라져라!"

DOOR 2_1996 (27.5 x 34.5)

머리로 숨 쉬지 말고 가슴으로 호흡하라. 마음이 고요해질 테니.

성공과 실패의 간격

○ 지혜로운 사람은 우연을 기적이라 부른다.
매일 만나는 우연한 그것들을
지혜로운 사람은 선물이라 여긴다.

길을 가다 우연히 발견한 찻집, 뒤 돌아보다가 우연히 마주친 눈빛, 하루에도 수십 번씩 일어나는 우연을 모두 기적이라고 여길 수 있다면 우리의 하루하루는 신선한 에너지로 가득찰 것이다.

우연을 기적이라고 바라보는 사람과 우연을 그냥 어쩌다 생긴 일이겠지 하며 스쳐가는 사람 사이엔 엄청난 간격이 있다.

그 간격이 바로 성공과 실패의 간격일지 모른다. 보이는 모든 것을 신선하게 느끼며 인생을 하나의 선물로 여기는 사람에게 어찌 실패라는 말이 가 닿을 수 있겠는가?

우연한 실패마저 기적이라 여기며 소중한 선물로 바라볼 수 있다면 실패는 성공의 문을 여는 황금열쇠가 될 것이다.

누구를 위한 선물을 고를 것인가?

○ 하루에도 수천 송이 장미가 피는 이 세상에 우린 아름다운 여행을 위해 왔습니다. 가을이 오면 산들의 의상이 눈부신 단풍으로 바뀌고, 흰 눈이 오면 세상의 모든 들판이 은빛 옷을 갈아입는 눈부신 이 세상에 우린 행복한 여행을 위해 온 것입니다. 세상 모든 것이 변해도 바뀌지 않을 당신과 내 마음이 여행이 끝나면 가지고 갈 선물입니다.

여행의 막바지에 다다르면 우리는 기다리고 있을 누군가를 생각하며 선물을 고른다. 선물을 받고 환하게 웃을 그를 떠올리며 고르는 선물은 물질적인 모양을 하고 있지만 내 마음이다.
인생이란 여행의 종착역이 가까워지기 시작하면 사람들은 돈보다 더 소중한 것이 있다는 사실을 깨닫는다. (물론 그렇지 않은 사람도 많지만.)
여행이 끝난 뒤 당신은 누구를 위한 선물을 고를 것인가? 누구를 위해 당신은 아낌없이 당신의 소중한 삶을 바칠 수 있을 것인가? 선물을 받는 마음도 행복하지만, 나이가 들수록 선물을 주는 마음이 더 행복해진다.

깨달음의 자

○ 사람들은 깨달음에 대해 나름대로의 잣대를 가지고 있다. 그러나 그 잣대는 언제나 틀린다. 아무도 깨달아보지 않고 자만 들고 다니기 때문이다. 깨달음을 재는 자는 세상에 팔지 않는다. 아무도 만들지 않았기 때문이다. 붓다도 만들지 않았다. 그것이 자로 잴 수 없는 것이란 사실을 진즉에 알았기 때문이다. 그래서 깨달음은 소문만 무성할 뿐 실체가 없다.

참으로 깨달은 이는 매순간 올라오는 감정에 반응하지 않는다. 순간순간의 감정에 끌려가지 않고, 크고 긴 흐름에 자신을 맡긴 채 일어나는 모든 현상을 있는 그대로 받아들인다.
누가 나를 모욕하고 무시하는 순간 나무토막처럼 서 있을 수 있는가? 그렇다면 당신은 바보 아니면 깨달은 이다.
그 옛날, 자신과 가는 길이 다르다고 붓다를 비난하고 욕하는 사람이 있었다. 갖은 비난에도 나무토막처럼 묵묵히 반응하지 않는 붓다를 보자 화가 더 솟구친 그는 바닥의 흙을 집어 붓다를 향해 뿌렸다. 그러나 불어오는 바람에 자신이 뿌린 흙을 그대로 덮어 쓴 그는 타인을 향해 퍼부은 욕이 결국 자기 자신에게 되돌아온다는 세상의 이치 하나를 깨닫게 되었다.
그쯤에서 깨달았다면 그래도 가능성 있는 사람이다. 세상엔 자기가 하는 행동이 그릇된 행동인지 아닌지를 분별할 수 있는 최소한의 양식을 갖춘 사람도 그다지 많지는 않다. 자기가 하면 로맨스지만 남이 하면 스캔들이라고, 사람들은 세상의 기준 또한 자기 마음대로 편하게 변형시켜 놓는다. 타인에게 들이대는 잣대와 자신을 향한 잣대가 다르다는 말이다.

깨달음 또한 그와 비슷해서 사람마다 제각각 그 기준이 다르다. 그러나 모욕과 무시에도 반응하지 않고 묵묵히 인내할 수 있는 사람이라면 그런 사람을 나는 깨달은 사람이라 믿는다. 온갖 잡동사니를 가리지 않고 몽땅 녹여내는 용광로처럼, 세상의 온갖 모욕과 욕설을 용광로처럼 녹여내는 사람이 있다면 그런 사람을 나는 깨달은 사람이라 믿는다.

각자가 가지고 있는 잣대가 다른 만큼 우리는 각자 다른 인생을 살아간다. 그러나 그것이 나와 다르다고 해서 비웃거나 화낼 이유는 없다. 간섭하거나 고치려 들 필요도 없다. 우리는 모두 각자의 의식 정도에 맞는 인생 여정을 걷고 있으니 아무리 가까운 사람이라 해도 그가 걷는 고유한 길을 허용해야 한다. 비록 나와 다른 잣대를 가지고 있다 해도 우리는 다른 이가 품고 있는 생각과 꿈에 경의를 표해야 한다.

단순한 삶

○ 우리는 똑같은 상황을 서로 다르게 바라본다.
삶에서 일어나는 사건을 어떻게 해석하느냐에 따라 운명도 달라진다.
머리로 숨 쉬지 말고 가슴으로 호흡하라. 마음이 고요해질 테니.

마음에서 해방되는 순간 뇌는 고요해진다. 그렇다면 마음이란 무엇일까? 마음이란 생각과 생각이 끊이지 않고 이어지는 공간이다. 마음에서 해방된다는 말은 결국 생각으로부터 해방된다는 말과 다르지 않다. 생각이 다르기 때문에 우리는 똑같은 상황을 한 사람은 낙관적으로 보고, 또 다른 한 사람은 비관적으로 본다. 그럴 때는 생각을 멈추고 느낌으로 돌아가 대상을 받아들여야 한다. 생각보다 정직한 것은 느낌이니 수많은 말로 변명해도 느낌을 속일 순 없다.

마음에 대한 본격적인 수행을 하기 전에 사람들은 대개 자신이 그렇게 많은 생각을 하고 사는지조차 모르는 경우가 많다. 근심과 걱정, 수많은 편견과 욕심, 삐뚤어진 가치관과 열등의식, 이런 것들로 가득 찬 생각이란 공간 속에서 우리는 고요함을 상실한 채 힘들어하는 것이다. 고요한 마음이란 그런 생각의 공간이 단순화되어 뇌가 순수해진 상태를 뜻한다. 그런 마음을 우리는 깨끗한 마음이라 부르며 그런 마음의 상태에서 우린 행복을 느낀다. 단순하게 살아야 한다.

변화의 두려움

○ 이렇게 말해보라.

"나는 변화하고 싶다."

혹시 주저하고 있는가? 진심이 아니라는 느낌이 드는가?

변화를 가로막는 그 믿음은 무엇인가?

명심하라, 그것은 단지 생각일 뿐이다.

그리고 생각은 얼마든지 바꿀 수 있다. -루이스 L. 헤이

가장 바꾸기 쉬우면서도 가장 바꾸기 어려운 것, 그것이 생각이다. 변화하고 싶다고 생각하면서도 주저하는 그 마음, 변화를 가로막는 그 마음의 밑바닥엔 무슨 생각이 깔려 있을까? 스스로를 의심하거나, 자신감이 없거나, 두려움 같은 것이 있는 건 아닐까?

생각은 얼마든지 바꿀 수 있다. 그것이 잘못된 것이라면 바꾸어야 된다. 변화를 원한다면 그 변화를 가로막고 있는 생각부터 바꾸는 것이 좋다. 그러나 그것을 쉽게 바꿀 수 없는 이유는 무의식 중에 생각이 바로 '나'인 줄 착각하기 때문이다. 그래서 우리는 생각이 다른 사람을 공격하거나 배척하고, 생각이 같은 사람은 지지하거나 끌어당긴다.

그러나 용기 있는 사람은 타인의 생각을 받아들여 자신을 변화시킨다.

변화를 원한다면 생각을 바꾸자. 생각은 다만 내가 쥐고 있는 나의 창조물일 뿐 마음만 먹으면 버리거나 바꿀 수 있다.

포기하기 전에

○ 사람들은 대부분 당신이 어디 있느냐고 물으면 자기 몸뚱이를 가리키며 '여기 있다'고 말한다. 우리가 '나'라고 굳게 믿고 있는 나의 몸뚱이. 그러나 그것은 내가 깃들어 사는 물질일 뿐 내가 아니다.

죽고 싶은 마음이 든다면 알고나 죽자. 죽음이 끝이 아니라는 사실을. 죽고 나면 다 끝나는 게 아니라 몸뚱이만 기능 정지된다. 몸마저 잃어버린 영혼의 낭패감이 어떻겠는가? 그땐 이미 죽었으니 다시 죽을 수도 없고 정말 괴롭게 된다. 죽고 싶다면 차라리 죽을 힘 다해 살자.
이 생이 끝나면 모든 것이 다 끝날 거라고 믿는 사람들은 험난한 시간이 다가올 때 생을 포기하려는 유혹에 빠진다. 험한 인생길을 걸어오면서 한두 번 그런 유혹에 빠져보지 않은 사람이 어디 있으랴. 그러나 그럴 때 우리는 육체가 모든 것이라고 믿은 나머지 몸뚱이가 소멸하면 세상도 소멸할 것이라 착각하는 자신을 알아차려야 한다.

한 생애가 지나가면 다시 다른 생애가 시작된다는 사실을 알게 되면 우리의 생애가 무수한 경험들로 이루어져 있으며, 그 경험을 통해 뭔가를 배우는 학습의 장이라는 사실 또한 깨닫게 된다.
뭔가를 배우기 위해 우린 이 생에 왔다. 인생은 일종의 학교이며, 이번 생에서 배우지 못한 것은 다음 생에서 배워야 한다. 우리가 이 생에서 명심해야 할 것 중 하나는 어떤 상황이 와도 스스로 자기 목숨을 해쳐서는 안 된다는 것이다. 죽고 싶은 충동이 든다고 스스로의 몸뚱이를 해치는 행동은 자살이 아니라 타살이다. 그것이 타살인 이유는 내 몸 안에 살고 있는 수많은 생명체의 동의를 구한 적도 없이 제멋대로 내린 결정이기 때문이다. 내 몸엔 나만 깃들어 사는 것이 아니다. 수많은 생명체가 내 몸을 숙주로 해 살고 있다. 죽으려면 그 생명체들의 동의를 모두 구한 뒤에 죽어야 한다.

죽을 마음이 들면 죽고 싶다는 그 충동 또한 인생에서 경험해야 할 하나의 학습으로 여겨 거기서 뭔가를 배워야 한다. 죽음의 충동을 넘어설 때 우리는 비로소 삶이 하나의 선물이라는 사실을 깨닫게 된다.

우리가 저지를 수 있는 최악의 일

○ 우리가 저지를 수 있는 최악의 일은

스스로에게 화를 내는 것이다.

분노는 반복되는 낡은 틀 속에

우리를 더 답답하게 가둘 뿐이다.

분노가 일어날 때는 어떻게 하는가? 온몸이 화가 되어 불같이 타오르는가? 많은 사람들이 그렇게 한다. 그러나 그렇게 화내는 일이 자기 자신을 분노라는 감옥 속에 갇히게 하는 일이라는 것을 안다면 조금 달라질 수도 있을 것이다.

우리가 저지를 수 있는 최악의 일이 자기 자신에게 화를 내는 것이며, 그 화는 우리를 더욱 숨 막힐 정도로 갇히게 하는 것이란 말을 명심하자. 화, 분노는 타인을 힘들게 할 뿐만 아니라 나 자신을 깊고 답답한 감옥 속에 갇히게 하는 일이다.

그런 친구가 되라

○ 만약에 네가 누구에게 버림받는다면
네 곁에 오래도록 서 있으리라.
쏟아지는 빗줄기에 머리카락 적시며
만약에 네가 울고 있다면
눈물 멎을 때까지 가만히 기다리리라.
설령 네가 나 아닌 다른 사람을 위해
철 아닌 장미를 고른다 해도
누군가를 생각하는 그 마음 귀하게 여겨
입가에 주름살 만들며 미소 지으리라.

눈물 멎을 때까지 가만히 기다려주는 사람, 버림받은 그 순간 오랫동안 곁에 있어주는 사람, 다른 누군가를 위해 장미를 고른다 해도 시기심 내지 않고 입가에 잔주름 만들며 가만히 미소 짓는 사람. 이런 사람이 주위에 있다면 행복한 일이다.

없다 해도 실망할 일은 아니다. 그런 사람 대신, 내가 누군가에게 그런 사람이 되어주면 된다. 봄날 한 다발의 프리지아를 들고 찾아오는 친구, 꽃이 피면 꽃이 핀다고, 꽃이 지면 꽃이 진다고 전화 걸어오는 누군가가 있는 사람은 행복하다. 그렇지만 역시 그런 사람이 없다고 해서 실망할 일은 아니다. 바로 내가 그런 친구가 되면 된다.

만남

○ 누군가를 만난다는 것은 두려운 일이다.
통째로 그 사람의 생애를 만나기 때문이다.
그가 가진 아픔과 그가 가진 그리움과
남아 있는 상처를 한꺼번에 만나기 때문이다.

어릴 적, 작은 정원이 딸린 집에 살던 때 일이다. 정원 한쪽에 핀 꽃을 만지던 나는 벌에게 손가락을 쏘여 울음을 터뜨렸다. 꽃은 붉었고 손바닥보다 큰 다알리아였다.

나중에야 알게 된 것이지만, 피라미드를 발굴하다가 미이라가 쥐고 있는 꽃을 발견했는데 그게 다알리아였다고 한다. 미이라가 쥐고 있던 꽃은 바깥공기와 접촉하는 순간 부스러졌고, 그때 씨앗을 가져가 살린 것이 지금의 다알리아라는 것이다.

3천 년을 견뎌낸 꽃이 한순간에 바스라져 버리다니?

그러나 찰나에 무너지는 일이 세상엔 적지 않다. 비슷한 예로, 이교도들에게 둘러싸인 한 순교자가 있었다. "죽여!"라고 소리치며 돌멩이를 던지는 군중 속에서도 순교자는 꿋꿋하게 견디며 자신의 믿음을 증언했다. 그러나 그렇게 강인하던 그가 갑자기 주저앉고 말았으니, 이유는 갑자기 나타난 친구가 그에게 꽃 한 송이를 휘두른 것이다.

친구가 휘두른 꽃 한 송이에 맞아 주저앉은 순교자는 그 길로 더 이상 일어서지 못했다. 믿었던 사람에게까지 손가락질 받는 순간 의지는 꺾이고 더 이상 견디지 못해 무너져버린 것이다.

만나는 한 사람, 한 사람이 소중하며 매순간 정성을 다해야 하는 것은 그 때문이다. 지금 잘나간다 해도 언제 우리는 무너질지 모르며, 또 언제 다시 날아오르게 될지도 모른다. 내가 만나는 한 사람, 한 사람이 언제 어디서 내게 도움을 주는 존재가 될지 알 수 없으며, 잘못 맺은 악연이 언제 나를 무너뜨릴지도 모른다.

시골 집 마당에나 피어 있을 다알리아를 보면 아직도 손가락 끝에 아픔이 느껴지는 듯하다. 손가락에 있는 지문이 벌에 쏘인 흔적인 줄만 알았던 어린 시절, 다가올 인생의 험한 항로를 우리는 예측하지 못한다.
알고 보면 인생은 숱한 인연과 인연이 맺어지며 구성되는 드라마다. 신뢰와 배신, 성공과 실패가 씨줄 날줄로 엮어져 있는, 힘들지만 흥미로운 드라마다. 숱한 찰나가 이어지며 시간과 세월을 만들어내고, 그 세월을 나이테처럼 온몸에 새기며 우리는 앞으로, 앞으로 걸어가야 하는 것이다.

풀벌레와 별의 시간

○ 인류를 사랑하는 자신보다
인간을 사랑하는 자신을 더 좋아한다.
해마다 맞이하는 특별한 기념일이 아닌
사랑으로 모든 날들을 기념하는 것을 더 좋아한다.
너무 쉽게 믿는 친절보다
사려 깊은 친절을 더 좋아한다.
정복하는 나라보다 정복당하는 나라를 더 좋아한다.

정복하는 나라보다 정복당하는 나라, 말하자면 정복하는 나라인 중국 같은 나라보다 정복당한 나라인 티베트 같은 나라를 더 좋아한다는 비스와바 쉼보르스카의 시에 나는 동의한다. 그녀의 시를 읽으며 나 또한 '너무 쉽게 믿는 친절보다 사려 깊은 친절'을 누군가에게 베푸는 사람인지 스스로를 돌아본다.

시인은 덧붙여 말한다. '기나긴 별들의 시간보다 풀벌레들의 시간을 더 좋아한다. 나무를 두드리는 것을 더 좋아한다. 모든 존재가 그 자신만의 존재 이유를 갖고 있다는 가능성을 마음에 담아 두는 것을 더 좋아한다.'

'모든 존재가 그 자신만의 존재 이유를 가지고 있다는 가능성'이라는 그 말은 스스로 세상살이의 승자라고 느끼는 이들이라면 귀 기울여 경청해야 할 말이다.

흔히 경쟁에서 져 패자가 될 때 어려움을 겪는다고 여기지만 그보다 더 큰 어려움을 눈앞에 두고 있는 이는 오히려 승자 측이다. 이기는 그 순간 대부분의 승자는 '정복당하는 나라보다 정복하는 나라'를 더 선호할 가능성이 있으며 '별들의 시간이나 풀벌레들의 시간' 따위엔 관심조차 두지 않을 가능성이 크기 때문이다.

우리가 살고 있는 이 세속도시의 경쟁은 항상 승자와 패자를 나누기 좋아한다. 그러나 시인이 꿈꾸는 이상적인 세계에선 존재한다는 사실 그것만이 소중할 뿐 승자와 패자가 따로 없다.

좋은 시란 이처럼 성찰과 깨달음이 담겨 있는, 그래서 인간의 영혼을 확장시키는 것이 좋은 시다. 눈앞에 펼쳐지는 이 현상세계에서 아무리 보잘 것 없이 미약한 존재라 해도 모든 존재는 그 자신만의 존재 이유를 가지고 있다. 당신은 당신 그 존재 자체만으로도 소중한 사람이다.

아는 것만 알린다

○ 한 수행자가 붓다에게 물었다.

"스승님은 죽은 뒤에도 여전히 존재하십니까?"

붓다는 이렇게 대답했다.

"죽은 뒤에도 존재하느냐 그렇지 않느냐라는 생각은 수풀 속에서 가시덩굴에 걸리는 것과 같다. 그것은 망상과 논쟁을 불러올 뿐 지혜를 낳지는 못한다."

나 또한 죽음 뒤에 또 다른 세상이 존재하는지 여부가 궁금해질 때가 있다. 그러나 죽었다가 다시 돌아온 사람이 없는 이 세상에서 누가 죽음 이후의 세계를 정직하게 설명할 수 있겠는가?

붓다는 그런 질문에 대해 지혜를 낳는 질문이 아니니 흥미가 없다고 일축해버린다.

"믿음이나 이론과 상관없이, 다만 내가 아는 것만을 알린다"라고 했던 붓다의 말은 직접 체험을 통해 얻은 것만을 진리로 받아들이라고 하는 가르침이다.

알지도 못하는 이들이 뿌려대는 낭설과 소문에 부화뇌동하며 근거 없는 비난과 비판 속을 좌충우돌하는 사람들은 한 번쯤 마음에 새겨야 할 가르침이 그것이다.

마음의 속도를 늦추어서

○ 모든 것이 빨라지고 있다.
속도가 빨라진 만큼 우리는 행복해지고 있는 걸까?
빛의 속도보다 더 빠르게 달리고 달려 우리는
어디로 가려 하는 것일까?

많은 것이 더 안락하고 더 편리해졌다. 손가락만 까딱거리면 많은 것이 해결되는 시대다. 그러나 안락하고 편리한 만큼 젊은이들은 더 힘들기만 하고, 나이 든 사람들은 속도를 따라가지 못해 도태된다.
무서울 정도로 빠른 이 속도는 인류가 과연 번영의 방향으로 가는 것인지, 쇠락의 방향으로 가는 것인지 알 수 없도록 만들고 있다. 모두가 불행한 가운데 행복한 건 돈 많은 사람들뿐인 것 같지만, 속내를 들여다보면 그들 역시 행복하지 않다.

행복한 사람을 찾기가 쉽지 않다. 진실로 행복한 상태에선 행복을 잃어버릴까 두려워하는 마음 같은 건 생기지도 않는다. 재산을 더 늘려야 하고, 명예를 더 높여야 하고, 뭔가를 더 성취해야 한다는 마음이 남아 있다면 그건 진실로 행복한 상태가 아니다.
진정한 행복은 지금도 그리고 앞으로도 행복한 상태이며 그것은 뭔가를 얻거나, 가지거나, 누릴 때 일어나는 마음의 상태와는 다르다. 행복

또한 하나의 기술이며 우리는 행복한 상태를 만드는 기술을 배워야 한다.
지금 우리의 삶이 증명하고 있는 바와 같이 더 빠르고, 더 쾌적하고, 더 많이 가질 수 있는 것으로 삶의 질이 더 나아지는 것은 아니다. 오히려 많은 사람들이 가진 것 없던 그 옛날이 더 행복했다고 토로하는 것이 현실이다.

히말라야 속의 작은 왕국인 부탄에 갔을 때 밤하늘의 별을 보며 행복하다고 느낀 적이 있다. 부의 순서로 따지면 꼴찌에 가까운데도 행복한 나라인 부탄의 밤하늘은 너무나 별이 많아 별 사이로 하늘을 봐야 할 정도였다. 세상의 모든 별이 다 쏟아져 나온 것 같던 그 하늘을 바라보며 물질적인 부를 측정하는 GNP로는 최빈국이지만, Happy를 뜻하는 GNH로는 최강인 부탄에 내린 축복이 저렇게 많은 별의 숫자와 관련이 있는 건 아닌가 하는 생각까지 했다.

아무리 문명이 발달했다 해도 밤하늘의 별을 볼 수 없는 나라는 행복한 나라가 아닐지 모른다. 별을 쳐다볼 수 있는 감성과 마음의 여유 없이 죽자고 돈만 벌어서 뭐할 것인가? 행복하기 위해 돈을 버는 것인지, 돈을 벌기 위해 행복해야겠다는 것인지, 주객이 전도되어버린 삶이 계속되는 한 물질적으로 아무리 풍부해도 우리는 그저 불행한 사람일 뿐이다.

행복해지려면 복잡한 욕망을 버리고 단순하게 살아야 한다. 그러나 행복을 원하면서도 우리는 단순하게 살고 싶어 하지는 않는다. 일등을 해야 하고, 많이 벌어야 하고, 더 높이 올라가야만 하는 것이 우리의 행복 공식이다. 가난하지만 미소를 잃지 않는 부탄 사람들과 달리 지금 우리는 일등도 꼴찌도 행복할 수 없는 환경에 살고 있다.
우리를 행복하게 할 것이라고 믿고 있는 그 높고, 크고, 빠르고, 똑똑한 것들이 사실은 우리를 힘들게 하는 고통의 뿌리인 건 아닐까? 지금 인류를 끌고 가는 가볍고 빠르고 편리한 이것들은 아무래도 우리를 점점 더 파멸로 몰아가고 더 충동적인 상태로 끌고 가는 것만 같다.

과거는 지나가버린 일이라서 없고

미래는 오지 않은 일이라서 없다.

MOON AND FLOWER_1986 (32.5 x 30)

평화의 거래법

○ 참으로 강한 것은 부드러운 것이다.
부드러운 사람, 온유한 사람은 조화 속에 있다.
이것과 저것, 그것과 그것이 부딪쳐 만들어내는
갈등과 투쟁에서 벗어나
이것과 저것이 어우러지고,
그것과 그것 또한 어우러지는 조화를 알아
그 조화를 몸으로 살아내는 사람이
강한 사람이다.

강한 것은 부러지지만, 부드러운 것은 부러지지 않고 조화 속에서 상생을 이루어낸다. 강한 사람이 되고 싶다면, 먼저 자신이 이익을 취할 때 상대도 따라서 이익을 취하게 되는지부터 살펴봐야 한다.
당신이 취하는 이익 때문에 상대가 손해를 보고 있다면 그것은 이익이 아니라 약탈이다. 자연의 질서와 조화를 이루지 못하는 약탈의 계산법은 영혼이 경직된 사람들이 저지르는 일이다. 그런 이들이야말로 약하고 비겁한 사람이다.
모든 거래는 상대가 있고, 그 상대 또한 함께 이익을 보는 일이 평화이며 그 평화를 만들어낼 수 있는 이가 참된 강자다.

네 마음에 미안하다

○ 허락 한번 받은 적 없으면서
꿀을 가져갔으니
꿀벌에게 미안하다.
허락 한번 받은 적 없으면서
네 마음에 기대었으니
네 마음에 미안하다.

미안한 마음을 가지는 사람은 겸손하다. 세상이 내게 무엇을 해주었는지를 따지기보다 내가 세상에게 무엇을 받았는지를 먼저 생각하는 사람은 결코 세상을 비관하거나 스스로를 비하하지 않는다.
공짜로 누려왔던 인생의 시간들에 감사하고 미안해한 적이 있는가? 살갗에 와 닿는 한 자락 바람에 감사하며, 세상을 위해 아무것도 보탬이 되지 않았으면서도 이렇게 번번이 해지는 저녁을 맞이할 수 있다는 것이 얼마나 미안하고 고마운 일인가.

얼굴 위의 꽃봉오리

○ 작은 미소의 꽃봉오리가 의식에 자양분을 주어
당신을 기적처럼 편안하게 합니다.
미소는 당신과 당신 주변 사람들에게
행복을 가져다줍니다.

플럼빌리지의 스승 틱낫한 스님은 행복을 가져다주는 미소를 지으라고 가르친다. 수행에 조언을 구하는 사람들에게 스님은 "매일 아침 조금 늦게 일어나고, 더 많이 미소 지어야 합니다"라고 가르친다.
거리에 나가면 엄숙하거나 찌푸린 얼굴, 딱딱하거나 무표정한 얼굴들이 넘치고 또 넘친다. 세상이 이렇게 힘든 것은 그 때문일지도 모른다. 열반하신 대행선사는 이런 말씀을 남겼다. "웃어야 웃을 일이 생긴다."

웃자. 내가 짓는 미소 하나가 세상을 전염시키도록 웃자. 거리에 미소 짓는 얼굴, 폭소를 터뜨리는 얼굴, 기분 좋게 싱글거리는 얼굴들이 가득하다고 상상해보라. 당신과 당신 주변 사람들에게 행복을 가져다주는 미소를 아무런 비용 없이 당신은 대량생산할 수 있다. 더 자주 웃자. 내가 터뜨리는 웃음소리가 웃을 일을 끌어오도록 만들자.

앞으로 세 걸음, 뒤로 두 걸음

○ 어려운 일이 생기면 운을 탓하지 말고

무엇을 배울 것인지 생각하자.

겨울의 혹독한 추위가 없다면

봄꽃의 화사함은 있을 수 없다.

몇 걸음 뒤처진다 해도 또 몇 걸음 나아가면

그것은 앞으로 전진하는 것이다.

삶은 참으로 변화무쌍하다. 그런 변화를 거스르면 삶은 존재할 수 없다. 만약에 세상을 바꿀 수 없다고 생각된다면 먼저 자기 자신을 바꾸어보라. 세상이 바뀌어지는 것을 알게 될 것이다. 흔한 말로 위기가 기회라고 하지만 실제로 위기가 닥쳤을 때 그것을 기회로 만들 수 있는 것은 지혜를 갖췄을 때 가능하다.

앞으로 몇 걸음 걸었다면 뒤로 몇 걸음쯤 물러나 바라보라. 그것 또한 발전이란 생각을 할 수 있다면, 지혜가 싹트기 시작한 것이다.

미래의 기억

○ 과거는 지나가버린 일이라서 없는 일이고
미래는 오지도 않은 일이라서 없는 일이다.

금강경에 과거심불가득過去心不可得, 미래심불가득未來心不可得이라는 말이 있다. 쉽게 풀어, 과거는 지나가버린 일이라서 없는 일이고, 미래는 오지도 않은 일이라서 없는 일이라는 것이다.

그렇다면 고통에서 풀려날 미래를 기다리는 사람에게 이 말은 어떻게 들릴까? 미래는 없는 것이니 그것에 대한 기대를 버려야 한단 말인가?

물론 그건 아니다. 깨달은 스승들은 과거도 미래도 기대하지 말고 오직 '지금 이 순간이 유일한 실체이며 다른 실체는 없다'고 가르친다.

만약 현실 속에서 고통받는 누군가가 언젠가 그 고통이 사라지는 미래가 올 것이라 기다리고 있다 해도 '지금 이 순간'에 깨어 있지 않은 채 아직 오지도 않은 먼 미래만을 막연하게 기다린다면 결코 고통으로부터 자유로워질 수 없다는 것이다.

지금 이 순간 내가 처한 상황을 있는 그대로 받아들이며 지금 이 순간에 내가 할 수 있는 일이 무엇인지를 명확하게 깨달아 현실적인 대응을 하는 것이 다가오는 미래가 고통으로부터 벗어난 날이 될 수 있도록 하는 일 아닐까? 미래는 알고 보면 반복되는 오늘의 다른 모습이다.

내 안의 경전

○ 내 안에 있는 진리를 보지 못하고
어찌해서 사람들은 바깥으로 떠도는가?
내 안에 피는 꽃들을 보지 못하고
사람들은 어찌하여 정원에 핀 꽃들만 찬탄하는가?

내 안에 한 권의 경전이 있다. 내면에 있는 그 경전은 한 줄의 글자도 없다. 그러나 그것을 덮어두고 사는 사람과 수시로 펼쳐보며 사는 사람은 삶의 질에 커다란 차이가 있다.

내 안에 펼쳐진 글자 없는 경전, 자신의 내면에 경전이 있다는 사실을 자각하며 사는 이는 그것을 나침반 삼아 인생이란 바다를 항해한다. 마치 깜깜한 밤의 등대처럼 환한 빛을 발하는 내 안에 경전이 있다는 사실을 알아차리자.

나무의 눈물

○ 꽃은 나무의 눈물
가지마다 별을 달고 솟아오를
말없는 탄식
겨울을 견디어 준비한
네 눈물의 빛깔을 나는 알고 있다.

축배를 들어야 할 때가 있고 눈물을 삼켜야 할 때가 있다.
마음은 언제나 축배 드는 쪽을 끌어안지만 웃음보다 눈물은 인생을 정화시키는 힘이 있다. 메마른 눈동자에 인공눈물을 흘려넣듯 눈물 없는 인생은 삭막하고 메마르다. 알고 보면 꽃들은 나무의 눈물이니 눈물 흘리길 두려워 마라.

깨어 있는 상태

○ 무엇을 믿고 무엇을 말할지가
오늘을 결정한다.
무엇을 생각하고 어떻게 행동할지가
미래를 결정한다.

생각 없이 한 행동은 대부분 좋은 결과를 낳지 못한다. 아무 생각 없이 한 행동이 커다란 실책을 불러올 때는 자주 있다. 생각 없이 한 행동이란 자신의 의지 없이 반사적으로 또는 무의식적으로 하는 행동을 말한다.
신중하게 생각을 창조하고(이때 생각을 창조한다는 말의 뜻은 스스로 무슨 생각을 할지 의지를 가지고 떠올린다는 뜻이다), 그 생각대로 행동하는 사람은 자신의 오늘과 내일을 스스로의 뜻대로 만들어간다.
이런 상태를 우리는 깨어 있는 상태라고 부른다. 잠들어 있는 상태가 아닌 깨어 있는 상태, 그것은 얼마나 의지를 가지고 생각을 하고 그 생각대로 행동하느냐 여부에 달려 있다.
그것이 긍정이건 부정이건 지금 내가 하는 생각이 내일을 만들고, 다음 주를 만들고, 다음 달을 만들고 또 내년을 만들 것이다.

있는 그대로 보기

○ 지금 자신을 사랑할 수 없다면
먼저 자신과 싸우기를 멈추고
있는 그대로의 자신을 받아들이라.
이것이 영혼이 마음과 동맹을 맺을 수 있는 유일한 길이다.
영혼이야말로 당신의 강력한 동맹군이다.

누군가가 남긴 글귀이다. 참으로 맞는 말이다. 우리는 흔히 어떤 일을 극복하기 위해 기울이는 노력에 대해 '자기와의 싸움'이란 표현을 자주 한다. 이때 자기와 싸우기란 세상과 내가 겪는 갈등, 내 안에서 일어나는 생각과 생각의 격렬한 충돌, 가치관의 혼란, 이런 것이다.

우리는 대부분 자기 자신이 만들어놓은 생각으로부터 벗어나 자신을 있는 그대로 (못생겼으면 못생긴 그대로) 받아들이려 하지 않는다. 미리 만들어놓은 자신에 대한 정보, 자신에 대한 편견, 자신에 대한 집착 같은 것 때문에 있는 그대로의 스스로를 인정하지 않고 뭔가를 덧씌워 스스로를 판단하는 것이다.

그러나 있는 그대로 자신을 받아들이게 되면 편견과 집착으로 뭉쳐져 있는 망상에서 벗어나 '나'라는 존재의 가치를 원래 그대로 바라보게 된다. 진짜 '나'는 사회 속의 나와 달리 지위와 명성과 부 같은 것들을 몽땅 내려놓은 맨몸의 나다.

만나는 대상을 있는 그대로 바라볼 수만 있다면 우리는 인생의 놀라운 경험과 만나게 된다. 바보 같이 느껴지던 나 자신이나, 그토록 밉기만 하던 그 누군가가 들판에 핀 한 송이 꽃처럼 그렇게 활짝 열린 존재로 다가온다고 상상해보라. 그것은 우리가 삶 속에서 겪을 수 있는 가장 경이로운 경험이 될 것이다.

인생 결제

○ 삶이란 단지 고용주여서

언제나 당신이 달라는 만큼만 준다.

그러나 일단 임금이 정해지면

당신은 임금만큼의 일을 감당해야만 한다.

나는 그렇게 하인 역할을 했다.

그런데 내가 삶에게 얼마의 임금을 요구했더라도

삶은 그것을 기꺼이 지불했으리라는 사실을

마지막에서야 알았을 때의 그 비통함이란…. -루미

얼마나 안타까운 일인가. 삶에게 요구했던 금액이 그렇게 소액이었다는 사실을 사람들은 인생의 끝에서야 알아차린다. 더구나 고용주인 삶이 내가 요구하는 대로 임금을 지불할 태세가 되어 있었는데도 그 사실을 몰랐다니, 얼마나 억울한 일인가.

인생은 우리에게 단 한 번의 기회를 제공한다. 이 세상에서 단 한 번만 살아보라는 것이다. 그러나 그 단 한 번의 기회 동안 인생은 우리가 원하는 어떤 것도 다 이룰 수 있는 가능성을 열어두고 있다. 내가 원한다면 그 어떤 것도 삶은 내게 문을 열어놓고 있는 것이다.

돌이켜보라. 당신이 원하는 것이 이루어지지 않았던 일이 있는가? 이루어지지 않았다면 당신은 아마 그것을 간절하게 원하지 않았을 것이다. 간절하게 원하는 사람은 간절하게 애쓴다. 그 모든 장애를 넘어서며 그것을 이루기 위해 모든 것을 바친다. 단 한 번이라도 당신은 인생에 당신의 그 모든 것을 바친 적이 있는가? 그 모든 것을 바쳐 그것을 향해 돌진한 적이 있는가?
삶이 주겠다며 준비해놓은 임금이 얼마인지도 모르면서 우리는 자신의 임금을 그저 적당히 계산한다. 되고 싶은 것, 얻고 싶은 것, 이루고 싶은 것들을 적당히 축소한 채 우리는 이게 한계야, 난 이것밖에 안 돼, 하면서 자신을 주저앉힌다.
단 한 번뿐인 기회를 스스로 그렇게 축소시키며 너무 힘든 삶이었어, 세상이 너무 험해, 인생이란 다 그런 거지 뭐, 라고 체념하며 생의 종말을 기다린다.

답 없는 답

○ 몸의 어떤 부분이 곪아서 터진다면, 몸을 오염시킨 원인이 바깥으로 나오는 신호이니 '몸이 회복되고 있다'라고 마음을 바꾸어보라. 고민이나 걱정거리 역시 '더 나아지기 위한 징후다'라고 마음을 바꾸어보라.

마음을 바꾸는 일은 쉽지 않다. 그러나 같은 일도 마음을 어떻게 먹느냐에 따라 결과는 크게 달라진다. 같은 병에 걸려도 마음을 어떻게 먹느냐에 따라 커다란 차이가 난다. 같은 더위인데도 어떤 사람은 못 견뎌 하고, 어떤 사람은 참을 만하다고 한다. 마찬가지로 같은 추위인데도 어떤 사람은 추워서 못 살겠다고 하고 어떤 사람은 견딜 만하다고 한다.

삶이 어디로 흘러가고 있는지를 모른다면 마음을 바꾸어 지금 가고 있는 곳과 반대 방향으로 가라고 했다. 만약 지금 가고 있는 길과 반대로 흘러가고 싶다면 명상과 여행이 그 대안일 수 있다. 버린 뒤에야 비로소 얻을 수 있고, 비운 뒤에야 비로소 채울 수 있는 것이 명상이고 여행이다. 그것은 수학 문제 풀듯 답을 얻어내거나 깊은 사색 끝에 논리를 세우는 것과는 다른 일이다.
명상에는 아무런 답이 없다. 여행에도 아무런 답이 없다. 그것은 떠오르는 답까지 비워내는 것일 뿐 아무런 답도 주지 않는다. 그러나 답 없는 답 속에서 우리는 인생의 새로운 기회를 맞이한다.

다시 이 별에 와서

○ 아무것도 보이지 않는 깜깜함에 갇혀
흘려야 할 눈물조차 마르고 없을 때
더 이상 그 누구도 내 손 잡아주지 못할 때
기도밖에 그 아무것도 더 할 수가 없을 때
그럴 때도 우리는 희망이라는 그 손길을 놓을 수가 없습니다.

세상 여기저기서 일어나고 있는 만남과 이별, 그리고 탄생과 죽음에는 언제나 기쁨과 슬픔이 교차하며 절박한 안타까움과 그리움이 뒤엉긴다. 인생은 정말 그런 것이다. 다가오는 것들 앞에 커다란 통곡으로 저항한들 다가오는 것이 멈추는 일은 없다.
오는 파도를 온몸으로 받아들이며 우리가 할 수 있는 일은 지금 이 커다란 파도가 우리의 인생에 주는 뜻은 무엇이며, 세상이 우리에게 말하고자 하는 메시지는 무엇인지 되씹어보는 일이다.
광활한 우주 속에 우리는 떨어져 있는 각각의 존재 같지만 다 연결되어 있다. 지구 반대편에 있는 나비의 날갯짓이 태풍을 일으키듯 우리의 한 생각, 한 생각이 이어져 지금 우리가 겪고 있는 현실을 만들어낸다.
바람 불고 먼지 이는 이 세상을 살아가는 우리에게 만남과 이별, 삶과 죽음은 그렇게 아픔을 통해 가르침을 준다. 고통스럽지만 세상의 가르침을 통해 우리는 우리가 이 별에 온 참뜻을 배워야 한다.

행복하려면 지금 행복하자

○ 행복하기를 기대하며 미래에 목말라하기보다
지금 이 순간 행복을 찾는 것이 행복합니다.
행복은 주어진 상황이 아니라
그 상황을 해석하는 내 마음의 상태일 때가 많습니다.

행복이란 언제나 지금 이 순간, 현재에 일어나는 일이다. 지금 행복하지 않다면 과거에 행복했건, 미래에 행복할 예정이건 그게 무슨 소용이겠는가?

행복이 현재형인데 비해 불행은 시간이 필요하다고 한다. 불행한 사람들은 언제나 '지금 상황이 이런데 어떻게 행복할 수 있어?'라고 불평하면서 행복한 조건이 갖추어질 때까지 시간을 보낸다는 것이다. 지금 당장 행복할 생각은 하지 않고 행복한 상황이 갖추어지기를 기다리는 것이 불행한 사람들의 공통점이다.

돈을 많이 벌 때까지는 행복할 수 없다, 좋은 대학에 가기 전까지는 행복한 것이 아니다, 병이 다 나을 때까진 행복하지 않다….

맞는 말이다. 돈이 없는데 어떻게 행복할 수 있으며, 아픈데 어찌 행복할 수 있겠는가? 그러나 이렇게 행복의 조건을 스스로 만들어놓고 그 조건이 충족될 때까지 미루는 동안 세월은 다 가버리고 만다. 불행한 마음은 시간이 필요하다는 말은 그래서 나온 것이다.

반면에 행복한 사람은 지금 이 순간 마음의 상태를 행복한 상태로 만든다. 언제나 싱글거리고 다니는 누군가를 떠올려보라. 누가 실없는 사람이라고 하건 말건, 상황이 좋건 말건 행복한 사람은 가슴 가득 희망을 품으며 행복한 미소를 지을 수 있다.

살아가며 우리는 너무 자주 행복을 미루는 일을 해왔다. 이제 자꾸 그것을 뒤로 미루며 시간을 허비하지 말자. 행복하려면 지금 행복하자.

지금 이 순간, 힘들고 괴로운 이 순간이 마음의 힘을 키울 수 있는 좋은 기회라고 여겨보자. '이런 좋은 기회를 만나게 되었으니 참으로 행복하다.' 이렇게 마음을 바꾸어보자. 마음의 창조력이란 그런 것이다. 마음을 어떻게 먹느냐에 따라 행복은 다음 기회로 미루어질 수도 있고, 지금 이 순간 바로 실행될 수도 있다.

GATE_1988 (32.5 x 27.5)

사랑을 내어주라. 그러면 그대 가슴은 사랑으로 가득 찰 것이다.

나의 소유물

○ 나는 철저하게 혼자 있기를 원합니다.

이 두 눈과 귀,

이 육체는 언젠가 재가 되어 사라질 것입니다.

그러니 육체에 대해 걱정할 필요가 있겠습니까? -마하비라

그래도 우리는 걱정한다. 살아 있는 한 우리는 끊임없이 몸에 대해 집착한다. 그러나 그 몸은 우리의 집착을 받아들이지 않는다. 몸을 '나'라고 착각하는 한 그 '나'는 피부 끝에서 끝나는 한정된 존재다.
무심결에 우리는 몸을 가리키며 '내 몸'이라고 말한다. 그것은 마치 '내 자동차, 내 책상, 내 컴퓨터, 내 손톱깎이'라고 말하는 것과 같아서 몸이 나의 소유물이라는 것을 암시한다. '나'라고 착각하며 살지만 몸은 '나'가 아닌 나의 소유물일 뿐이라는 것이다.
무소유의 성자 마하비라는 그렇게 말한다. 나의 소유물인 이 육체는 언젠가 재가 되어 사라질 것이다. 그러니 육체에 대해 걱정할 필요가 있겠는가?
닳아서 더 이상 구를 수 없는 바퀴처럼, 망가져서 더 사용할 수 없는 컴퓨터처럼 '나의 몸'은 언젠가 닳고 고장나고 망가져서 내 곁을 떠날 것이다. 재가 되어 몸이 사라진 뒤, 몸을 떠난 뒤 우리는 어디에 가 있는가? 어디에서 우리는 또 만날 것인가?

또 화내는 당신에게

○ 태풍으로 열매가 떨어졌다고
태풍에게 화를 낼 순 없는 일이다.
지진이 나고 홍수가 났다 해서
지진과 홍수에게 화를 낼 수도 없는 일이다.
그러나 누가 나를 조금만 무시해도 우리는 불같이 화를 낸다.
비록 그가 지금 이 자리에 없는 사람이라 해도….

서울에는 천둥, 벼락이 치고 억수같은 비가 쏟아지며 한바탕 난리가 난 듯 시끄러웠다. 전화를 했더니 서울과 붙어 있는 경기도에 사는 친구는 "비는 무슨 비?" 하며 의아해한다. 이쪽에서는 화가 나서 펄펄 뛰는데 그 화를 내게 한 당사자는 무슨 소리냐며 의아해하는 것과 같다.

오늘 나를 화나게 한 그 상대에게도 직접적이고 근원적인 이유가 있다는 사실을 알고 나면 누가 그에게 화를 내겠는가? 상대를 향해 내는 화도 알고 보면 그 원인은 상대가 아니라 '나'이다. 그가 그럴 수밖에 없었던 이유를 알지 못했던 이가 바로 나니까.

그러나 번번이 우리는 또 화를 낸다. 상대의 이유를 알아야 할 이유도 없다고 생각하며. 그러면서도 우리는 처지가 바뀌게 되면 내가 그럴 수밖에 없었던 이유를 이해하지 못하는 상대를 이해할 수 없다고 또 분노한다.

마음 청소

○ 겉모습은 깨끗해도 내면이 복잡한 사람이 있는가 하면
수수한 겉모습이어도 내면이 깨끗한 사람이 있다.
복잡한 내면에 무엇을 더 들여놓을 수 있겠는가?
내면이 깨끗하다는 말은 생각이 복잡하지 않다는 말이다.
생각이 단순해야 빈 공간이 생기고
빈 공간이 있어야 새로운 것을 들여놓을 수 있다.

여기서 새로운 것을 들여다 놓는다는 말은 창조적인 생각들을 들여놓는다는 말이다. 잡다한 물건이 꽉 들어찬 공간에 음악이 잘 울리지 않듯 이런저런 잡념으로 복잡한 사람에겐 창조적인 울림이 생기지 않는다.
마음을 깨끗하게 하기 위해 이제 그만 붙들고 있던 과거는 놓아버리고 과거로 가득 차 있던 내면의 공간을 비워보는 것이 어떨까?
과거를 쥐고 있는 사람은 평생을 살아도 현재를 살지 못한다. 지나간 시절의 기억, 그때의 분노, 한 맺힌 그 시절의 억울함에다가 에너지를 쏟아부으며 그는 늘 "내가 어떻게 살았는데, 생각할 때마다 이가 갈려. 그 시절을 난 절대 잊을 수가 없어" 하며 과거를 놓지 않겠다고 다짐하고 또 다짐한다.
그런 이에겐 결코 현재가 없다. 그런 이는 현재가 우리에게 주는 이익을 받을 생각이 없다. 상처뿐인 과거가 현재를 대신하는 그런 삶이 행

복할 것인지 아닌지는 불을 보듯 뻔하다.
겉모습이 깨끗하다고 해서 그를 깨끗한 이로 착각하지 말라. 깨끗하다는 말은 내면의 빈 공간이 많아 창조적인 에너지가 솟아나는 상태를 말한다. 그것은 마치 잘 정돈된 공간에서 일의 효율성이 커지는 것과 같다.
내면이 지저분해지지 않게 하기 위해 우리는 내 안의 잡다한 것들을 정돈하고 청소해야 한다. 불필요한 생각들을 정리해서 버리고, 놓아야 할 집착들도 놓아버리며, 절대 잊을 수가 없다고 하던 다짐 또한 흘려보내야 한다. 과거에 가 있는 마음을 현재로 데려오지 않는 한 현재는 늘 과거의 그늘에 가려 어둡기만 하다.

가장 소중한 것을 내어주라

○ 고귀한 마음이 있는 곳에
용감한 정신이 있고 순수하고 참된 영혼이 있다.
그러니 그대 주머니 속 가장 좋은 것을 세상에 내어주라.
그러면 가장 좋은 것이 되돌아올 것이다.
사랑을 내어주라.
그러면 그대 가슴은 사랑으로 가득 찰 것이다.

주머니 속에 있는 가장 좋은 것을 누군가에게 내어줄 수 있는가? 사람들은 선뜻 가장 좋은 것을 누군가에게 내어주지 못한다. 그러나 타인을 위해 가장 좋은 것을 내어주는 데 익숙해져 있는 사람들은 바라지 않더라도 또 다른 가장 좋은 것이 보답으로 돌아온다는 사실을 경험적으로 알고 있다. 어쩌면 인생은 그런 원리를 터득해가는 과정일지도 모른다. 그러나 사람들은 대체로 그러한 원리를 몸으로, 경험으로 체득하지도 못하고 한 생을 마치기 십상이다. 그러니 사랑을 내어주면 사랑이 돌아오고, 소중한 것을 내어주면 역시 소중한 것이 자신에게 되돌아온다는 원리를 생전에 터득한 사람은, 적어도 주는 것과 받는 것의 원리에 대해서는 깨달음을 얻은 사람이다.
누군가를 위해 가장 소중한 것을 내어줄 마음이 있는지 생각해볼 때다.

가벼움에 대하여

○ 근심과 걱정은 올려두나 내려두나 무게가 같다.

경박하게 처신해선 안 되겠지만 인생은 때로 가볍게 살 필요가 있다. 세상의 고뇌란 혼자서 다 짊어질 수 있는 게 아니다. 근심과 걱정은 올려두나 내려두나 무게가 다르지 않다. 어차피 겪을 일이라면 마음을 내려두고 사는 게 편하다. 천근같이 무거운 표정 짓는 것보다 새처럼 가볍게 하늘을 나는 것이 보기에도 좋지 않은가?

현란한 말솜씨로 타인을 사로잡을 수도 있지만 그런 말재주는 오래가지 않는다. 한 번 들었던 말을 사람들은 다시 듣고 싶어하지 않는다. 포장만 다를 뿐 내용이 같은 말을 몇 번씩 반복하는 것보다 침묵을 지키는 것이 더 신뢰가 간다. 그래서 아마 웅변을 은이라 하고 침묵을 금이라고 했는가 보다.

그러나 금도 지나치게 많이 실으면 그 무게 때문에 싣고 가던 배가 물에 빠질 수 있다. 침묵과 웅변 사이에는 적당한 간격이 필요한 것이다. 그런 간격을 잘 터득한 사람의 말이라야 신뢰감이 생긴다. 수다한 웅변도 피곤하지만, 침묵 또한 거듭되면 상대를 답답하게 만든다.

침묵과 웅변, 그리고 무거움과 가벼움을 조화시킬 수 있는 것은 마음의 여유다. 여유가 있는 사람은 구태의연한 격식과 제도에 걸리지 않는다. 필요 없는 마음의 장식 떼버리고 인생을 가볍게 살고 싶지 않은가?

맨발로 세상을

○ 기차를 올라타던 간디는 그만 차 밖으로 신발을 떨어트리고 말았다. 열차가 떠나는 바람에 신발을 주울 수가 없었던 간디는 얼른 나머지 신발을 벗어 차 밖으로 던졌다. 왜 나머지 신발까지 던지는 거냐고 묻는 질문에 간디는 이렇게 대답했다.

"누군가가 바닥에 떨어진 신발 한 짝을 주웠을 때 한 짝만으로는 쓸모가 없을 것이오. 그러나 나머지 한 짝을 갖게 되었으니 얼마나 좋은 일이겠소."

간디처럼 되기가 그다지 어려운 것은 아니다. 신발 한 짝을 철길 위로 떨어트릴 수만 있다면.

물질적으로 풍요로운 이 시대에 그러나 신발을 벗는 것은 쉽지만 마음을 내기란 쉽지 않다. 누군가를 돕는 일도 훈련이 필요하다. 훈련이 되어 있지 않은 사람들은 자신의 선행이 어색해 스스로 눈치를 본다.

누군가를 돕거나 세상에 이익이 되는 일을 하는데도 용기가 필요한 것이다. 간디처럼 한번 마음을 내어보자. 어떻게 마음을 내느냐에 따라 경험이 달라지고, 경험이 달라지면 다가오는 세상 또한 달라질 것이다.

고별

○ 항아리에 든 재
따뜻하다.
가면서도 너는 내게
다정한 말 한마디 건네는구나.

항아리 속의 재는 따뜻하고 영정 속의 사진은 환하게 웃고 있다. 가면서도 너는 그렇게 남아 있는 사람 위해 다정한 말 한마디 건네는구나.

만나고 헤어지는 것이 인생이지만 헤어짐은 늘 슬프다.
비명에 가버린 젊은 사람들의 죽음 앞에 우린 아무 말도 할 수가 없다. 시는 짧아지고, 어떤 수식어도 사용할 수가 없다. 가랑잎 하나 내려앉듯 어깨에 얹히던 그 손 떠올리며 흐느끼는 사람들을 가만가만 토닥거릴 수밖에 없다.

욕망과 저항 사이

○ 만약 나무가 말 걸어온다면
당신은 그것을 받아들일까?
만약 물가에 있는 바위가 말 걸어온다면
당신은 그것을 받아들일까?
당신이 가장 미워하는 그 누군가가
미소 띤 얼굴로 말 걸어온다면
당신은 그 미소를 받아들일까?

좋은 것은 욕망하고, 싫은 것엔 저항하는 것이 인간이다. 욕망과 저항 사이에 하나가 더 있으니 좋아하는 것도 싫어하는 것도 아닌 상태가 그것이다. 그러나 그것은 상황에 따라 언제나 욕망 아니면 저항 쪽으로 기울고 만다. 마음은 언제나 이쪽으로 갈 것인지 저쪽으로 갈 것인지를 살피고 있다. 가기 싫은 곳으로 가는 것은 괴로우며, 괴로움은 무엇에 대한 저항으로부터 온다.
무엇인가를 받아들일 때 우리는 마음이 편안해진다. 그러나 받아들이지 않으려 저항할 때 마음은 갈등과 번뇌를 겪는다. 괴로움을 받아들인다는 것, 수용한다는 것은 존재의 거룩함을 있는 그대로 느끼는 것이다. 못생긴 것은 못생긴 대로, 삐뚤어진 것은 삐뚤어진 대로, 잘난 것은 잘난 대로, 그냥 그렇구나 하며 받아들이는 동안 우리의 존재는 확대된다.

매 맞는 짐승

○ 은인을 모함하고 해치는 자가 어떤 과보를 받느냐고 묻는 질문에
스승은 이렇게 대답했습니다.
"다음 생에 매 맞는 짐승이 될 것이다."

알면서도 부딪치면 잊어버리는 것이 업의 법칙에 대한 믿음이다. 뿌린대로 거둔다는 말을 우리는 입으로 말하면서도 망각한다.
우리가 하는 모든 행위는 에너지가 되어 우주 공간에 작용하고, 그 에너지는 머지않아 우리에게 돌아온다. 던지면 크게 원을 그리며 되돌아오는 부메랑처럼 내가 행한 모든 행위는 에너지가 되어 같은 방식으로 내게 돌아온다.
내가 다른 사람에게 좋은 말을 하면 긍정적인 그 에너지는 내게로 돌아와 나를 행복하게 만든다. 반면에 타인을 모함하고 힘들게 하는 행위를 하고 나면 그 행위는 내게로 부메랑 되어 나를 곤경에 빠트린다.
소통의 속도가 빨라진 현대엔 업이 부메랑으로 돌아오는 속도도 빨라졌다.
저주받고 싶다면 저주하라.
사랑받고 싶다면 사랑하라.

이것은 내가 아니다

○ 오랫동안 우리는 온갖 종류의 부정적인 감정을 흡수해서
그것을 우리 자신이라고 여기며 살고 있습니다.
그 부정적인 감정을 자신이라고 여기는 바람에 그것을
꼭 필요한 것이라고까지 여기며 진실이라 믿기도 합니다.
일단 부정적인 감정이 형성된 뒤부터
우리는 그것에 따라 자동적으로 살게 됩니다. -모리스 니콜

부정적인 감정을 자동적으로 따라 하는 삶은 생각만 해도 끔찍하다. 매사를 비난하고, 미워하고, 공격하며 투쟁만 일삼는 사람들을 떠올려보라. 어떤 주제이건 자동적으로 비판하며 평생 무엇을, 그리고 누군가를 공격하는 것만이 진실이라고 믿고 사는 그들은 과연 행복할까?
그것과는 다르지만, 부정적인 감정에 물든 사람은 아직 닥치지도 않은 일에 대해서도 걱정부터 먼저 하며 그것을 진실이라고 여긴다. '분명히 그런 일이 일어날 거야. 그런 일이 터질 것이 분명해' 하며.
심리학자인 니콜은 걱정이란 자기 동일시의 한 형태라고 지적한다. 걱정을 마치 자기 자신인 것처럼 착각한다는 말이다. 그렇게 걱정이나 두려움, 우울함 같은 부정적인 감정과 자기를 동일시하는 한 우리는 행복할 수 없다.

행복하기 위해서 우리는 먼저 마치 자기 자신의 실제 모습처럼 착각하고 있는 부정적인 습관들로부터 벗어나야 한다. 나를 에워싸고 있는 부정적인 감정들을 향해 이렇게 선언해보라. '이것은 내가 아니다. 이것은 내가 만들어낸 것이다.'

어떤 종류의 감정이건 감정과 나를 동일시해선 안 된다. 감정은 내가 아니라 내가 만들어낸 것이니만큼 필요에 따라 지울 수도 버릴 수도 있어야 한다. 감정에 반응하며 사는 한 우리는 감정의 노예일 뿐 나 자신의 주인이 될 수 없다.

살아 있음에 감사

○ 우리에게 살 곳을 빼앗긴 동물,
우리에게 약탈당한 동물,
우리에게 먹이를 빼앗긴 동물,
우리 때문에 생존이 위협받는 동물,
까마귀의 이름으로, 늑대의 이름으로,
고래의 이름으로, 코끼리의 이름으로
부디 이들을 보호하소서. -디나 메츠거

한 외국인 부부가 집에서 기르던 고양이 목에 카메라를 달아 고양이가 하루 동안 어떤 곳을 돌아다니며 어떤 것을 보고 경험하는지를 촬영한 영상을 인터넷에 올렸다.

나도 그들처럼 궁금했다. 고양이는 하루 종일 뭘 생각하며 살까? 주인도 없는 텅 빈 집을 지키고 있는 개들은 온종일 뭘 하며 있는 걸까? 하늘을 나는 새, 물속의 물고기들, 산속의 저 다람쥐들은 뭘 하며 살까? 인간에게 약탈당하고 인간에게 먹이를 빼앗기면서 저들은 무슨 생각을 하며 살까?

인간을 생각하는 갈대라고 말하지만, 생각이 너무 많아 인간은 생각에 잡아먹히기도 한다. 생각이 생각에 꼬리를 물고 일어나 그 주체할 수 없는 생각 때문에 정신질환에 시달리기도 한다.

생각에 잡아먹힌 인간은 살아 있음의 소중함을 망각한 채 살아 있다는 그 사실을 저주하며 스스로 목숨을 끊기까지 한다. 까마귀의 이름으로, 늑대의 이름으로, 고래의 이름으로, 코끼리의 이름으로 나는 나 스스로를 보호해달라고 기도하고 싶다. 생일을 축하하는 문자 하나에도 고맙다고 인사하면서 왜 살아 있다는 그 사실에 우리는 고마워할 줄 모를까?

마음에 빈 공간이 있어야 새로운 것을 들여놓을 수 있다.

MOON, TREE AND BIRD_1987 (37.5 x 33.5)

풍요와 결핍

○ 마음은 언제나 더 많은 것을 원한다.

더 크고 더 높은 것을 원한다.

사람들은 대부분

자신이 충분히 가지고 있다는 사실을 깨닫지 못한다.

뭔가를 원하는 순간 스스로에게 물어보라.

정말 더 필요한 게 맞는가?

"지금 가장 필요한 것은 뭔가요?"라는 질문에 사람들은 "돈!" 하고 대답한다. 물론 좀 더 고상하게 "사랑!"이라고 대답하거나 "능력이 있었으면 좋겠어요!"라고 대답하는 사람도 있을 것이다.

그러나 대답이 어떠하건 우리는 꼭 필요한 것들을 다 가지고 있다. 그 사실을 깨닫지 못할 뿐이지 있어야 할 모든 것을 우리는 이미 다 가지고 있다.

사람과 산

○ 산속에 있을 땐 산을 못 보지만

물러나 멀리 떨어질 때 비로소 산 전체가 보인다.

사람도 마찬가지다.

너무 가까이 있으면 그 사람이 보이지 않는다.

자기의 생각을 자기라고 착각하며 사는 이는 상대와 생각이 부딪치는 순간 자신이 무시당했다고 생각하며 공격적으로 변한다. 생각의 감옥에 갇혀 있는, 생각의 수인囚人인 우리는 생각이 자기라고 믿는 나머지 그렇게 생각이 다른 사람을 공격한다.

그러나 공격을 하더라도 한 번쯤 내가 공격하는 그 사람이 내가 알고 있는 그가 맞기는 한지 스스로를 의심해보는 것이 좋다.

우리가 알고 있는 그 사람은 그 사람이 아니다. 내게 비굴하고 야비한 사람으로 비치는 그가 자신의 가족에겐 더없이 좋은 사람일 수도 있으며 가까운 친구에겐 정말 의리 있는 친구일지도 모른다. 내가 믿는 바대로 우리는 그 사람을 경험할 뿐이다.

산속에 있을 땐 산을 못 보지만 물러나 멀리 떨어질 때 비로소 산 전체가 보인다. 사람도 마찬가지다. 너무 가까이 있으면 그 사람이 보이지 않는다.

슬픔을 견디는 다섯 가지 방법

1. 모른 체 반응하지 않는다.
2. 다른 곳에 열중한다.
3. 기쁨만을 생각한다.
4. 누군가를 사랑한다.
5. 과거에 묶이지 말고 현재에 몰두한다.

슬픔 때문에 인생 전체를 망치는 사람이 있는가 하면 얼른 슬픔을 털고 일어서는 사람도 있다. 무심하게 세상을 살아가는 사람이 있는가 하면 모든 일에 애걸복걸 매달리는 사람이 있다. 고통스러워도 묵묵히 아픔을 견디는 사람이 있는가 하면 조그만 상처도 견디지 못하고 호들갑을 떠는 사람도 있다.

어떻게 사는 것이 더 나은 삶인지에 대한 답은 없다.

인생은 아무런 답을 준비하고 있지 않다. 제 생긴 대로 살면 그뿐이지만 생긴 대로 살자니 숨 막혀 죽을 것 같을 때가 자주 있다. 살아가는 데도 얼마간의 기술이 필요한 건 그 때문이다.

인생에 요령을 피우라는 말은 아니다. 인생에 요령이 통하는 것도 아니다. 요령껏 잘 사는 것 같지만 걸려야 할 곳은 꼭 걸리게 되어 있는 것이 인생이다. 미칠 것 같은 고비를 잘 넘어가기 위해선 요령보다 지혜가 필요하다.

한계를 넘는 슬픔 앞엔 장사가 따로 없다. 그러나 슬픔도 간격을 떼어 놓고 바라보면 통증이 조금 줄어든다. 객관적으로 바라볼 수 있는 힘이 있는 사람에게 오는 슬픔은 조용하며 깊다. 반면에 그 힘이 부족한 사람들이 겪는 슬픔은 격렬하고 크다. 어떤 것을 선택해야 하는지도 답이 없다. 슬픔은 예고 없이 올 뿐이다.

따뜻한 그리움

○ 찻잔을 싸안듯 그리움도
따뜻한 그리움이라면 좋겠네.
생각하면 촉촉이 가슴 적셔오는
눈물이라도 그렇게 따뜻한 눈물이라면 좋겠네.
내가 너에게 기대고 또 네가 나에게 기대는
풍경이라도 그렇게 흐뭇한 풍경이라면 좋겠네.

모락모락 김 오르는 풍경을 보면 메말랐던 마음도 촉촉하게 젖는다. 유리창엔 성에가 끼고, 장작불 난로가 피어 있는 실내엔 잔잔하게 음악이 흐른다. 두 손으로 찻잔을 감싸면 닫혀 있던 마음에도 온기가 스며든다. 마음은 조금씩 행복감을 느낀다. 채워뒀던 빗장이 열리며 마음은 이제 그리움에 빠진다. 성공을 위해 모르는 척 문 닫아놓고 살던 감정들이 어느새 힘을 얻는다.

마음의 문을 닫아걸면 성공의 문도 닫힌다. 설령 성공을 거두었다고 해도 잠깐의 기쁨일 뿐 행복과는 거리가 멀다. 마음이 닫힌 사람은 인생도 닫히니 누가 문 좀 열어보라고 소리치진 않는지 귀 기울여봐야 한다.
그러나 어리석은 이는 스스로 마음의 문을 닫아놓고도 그 사실을 모른다. 사랑할 줄 모르는 이는 사랑받고 있어도 사랑이 뭔지 모른다. 인생에서 제대로 감사하는 마음을 배우지 않았기 때문이다.

감사할 줄 모르는 이는 주는 법도 모르며 받는 법도 모른다. 문 꽁꽁 닫고 살면서도 그것이 영리한 삶이라 여길 뿐 그들이 하는 셈법은 주고받는 양量만 중요하다. 우리는 모두 따뜻하게 나를 배려해주는 사람을 원한다. 그러면서도 자신이 그런 존재인지는 생각해보지도 않는다.

따뜻하고 타인을 잘 배려하는 사람은 일종의 성공한 사람이다. 성공엔 행복이 필수 조건이며 따뜻함이 빠진 행복이란 있을 수 없기 때문이다. 행복은 따뜻하고 온화하다. 행복이 빠진 성공은 실패의 한 종류일 뿐 온전한 성공이 아니다. 성공한 사람은 많지만 따뜻한 사람이 많지 않은 세상이다.

이 별에 다시 올 수 있을까?

○ 소라껍데기를 주워 귀에 대어보면
바다 소리가 난다.
불길 속에 마른 솔방울을 넣으면
쏴아 - 하고 솔바람 소리를 내며 탄다.
타오르는 순간 사물은 제 살던 곳의 소리를 낸다.
헌옷 벗어 장작 위에 누울 때
나는 무슨 소리를 내며 타오를까?

살아온 날보다 살아갈 날이 턱없이 짧은 나이가 되면 종종 헌옷 같은 몸을 벗은 뒤 어디로 가게 될까 궁금해진다. 우리의 몸은 옷 갈아입는 것과 다르지 않다. 그러나 세월 따라 점점 옷은 낡아가고, 새 옷으로 갈아입고 싶지만 마음대로 갈아입을 수 있는 것도 아니다.
짧다면 짧고, 길다면 긴 인생, 그러나 어느 지점에서 뒤돌아보면 인생은 그다지 긴 것이 아니다. 엊그제까지 문자를 주고받고 안부를 전하던 사람도 어느 날 말 한마디 없이 홀연 세상을 떠나는 것이 인생살이다.

사람들은 대체로 모든 사람은 다 죽는다는 사실은 믿으면서도 정작 자신만은 죽지 않을 것이라는, 마치 자신만은 죽음에서 예외인 것처럼 착각하며 살아간다. 그러나 죽음은 어떤 예외도 우리에게 허용하지 않는다. 우리가 살고 있는 이 별을 떠나 알 수 없는 그 어딘가로 떠나는 날 나 역시 헌옷 벗듯 몸뚱이 벗어두고 갈 것이다. 텅 빈 저 소라껍질 또한 몸은 어디로 가고 빈 껍데기만 남았을까?
어찌 된 셈인지 소라는 껍질 안에 바람소리를 감춰둔 건지 집으로 가져와도 바다 소리를 낸다. 솔방울은 타오르는 순간 가지에 달려 있던 시절을 기억하며 솔바람 소리를 내고, 백조는 죽을 때 단 한 번 울음소리를 낸다고 한다. 누구는 인생을 소풍에 비유했고, 누구는 인생을 꿈이라 했다. 소풍이건 꿈이건 아니면 또 다른 그 무엇이건, 이 별의 경험 다 한 뒤 돌아갈 때 나는 무슨 기억을 안고 떠나갈까?

머물고 싶어 하는 상처가 있다면

이것은 내 것이 아니다, 선언하라.

사랑을 선택하라.

용서를 선택하라.

행복을 선택하라.

인생의 주인이 되어

그것들을 선택하겠노라 선언하라.